大家小书·悦读经典

当一代大家不再璀璨于世,阅读才是最好的纪念。

大家小书 | The Master Pieces

A View of Father's Back

背 影

朱自清 著

北京理工大学出版社
BEIJING INSTITUTE OF TECHNOLOGY PRESS

版权专有　侵权必究

图书在版编目（CIP）数据

背影 / 朱自清著. —北京：北京理工大学出版社，2019.2（2019.4 重印）
ISBN 978-7-5682-6562-1

Ⅰ.①背… Ⅱ.①朱… Ⅲ.①散文集－中国－现代 Ⅳ.①I266

中国版本图书馆 CIP 数据核字（2018）第 296481 号

出版发行 / 北京理工大学出版社有限责任公司	
社　　址 / 北京市海淀区中关村南大街 5 号	
邮　　编 / 100081	
电　　话 / (010) 68914775（总编室）	
(010) 82562903（教材售后服务热线）	
(010) 68948351（其他图书服务热线）	
网　　址 / http://www.bitpress.com.cn	
经　　销 / 全国各地新华书店	策划编辑 / 张艳茹
印　　刷 / 北京富诚彩色印刷有限公司	出版编选 / 卓　飞
开　　本 / 787 毫米×1092 毫米　1/32	责任编辑 / 马永祥
印　　张 / 6.5	出版统筹 / 王　丹
字　　数 / 71 千字	责任校对 / 周瑞红
版　　次 / 2019 年 2 月第 1 版	责任印制 / 施胜娟
2019 年 4 月第 2 次印刷	装帧设计 / 杨明俊
定　　价 / 38.00 元	插　　画 / 王玉娣

图书出现印装质量问题，请拨打售后服务热线，本社负责调换

教科书中最温暖的颜色

在中国的教科书中,朱自清的散文永远是一抹最温暖的颜色,让人百读不厌,回忆深刻,总在一瞬间为之深深感动。

朱自清原名朱自华,号秋实,原籍浙江绍兴,出生于江苏省东海县,后来随着祖父、父亲定居扬州,因此自称"我是扬州人";1916年,考入北京大学预科,改名为朱自清,字佩弦,寓意自己要廉洁自清,出淤泥而不染,并且因为自己性情比较迂缓,所以时时刻刻用紧绷的弓弦来激励自己。

1919年,朱自清加入《新潮》诗社,开始创作新诗,走上文学道路。他仅仅用了3年的时间,就修完了大学4年的功课,于1920年提前毕业。之后,他曾经在杭州、扬州、上海、台州、温州、宁波、上虞等多地中学任教,直到1925年到清华大学出任教授。多年的颠沛流离,让他饱览各地的风土民情,经历各样的世态冷暖,给他的创作笔端也增添了无尽的温度和力量。

他做过很多中国现代文学史上的开创工作:创办了中国的第一个诗刊,写下了现代文学史上的第一首抒情长诗;编选了卷帙浩繁的《中国新文学大系·诗集》,对新诗创作做了历史性的总结;另外,他也是第一个在大学课堂中开设现代文学课程的教授。不过,要说到朱自清的最大的创造和贡献,还要首推他的散文。

中国是个诗国,也是一个散文的国度。先秦散文和明朝小品都达到了创作的顶峰,或者波澜壮阔,或者美不胜收。但是随着白话文的普及,怎样把那种浩荡或者灵动之美转化过来，在朱自清之前没有人做到过。而朱自清的《匆匆》《背影》《荷塘月色》《春》的问世，第一次让人在白话散文当中看到了一直被人们所推崇的轻盈灵动而婉转流畅、诗中有画且画中有诗、永远被一种渺茫的歌声和淡淡的哀喜所弥漫和充斥的美感。朱自清的散文，就是中国白话美文的典范。

1948年，朱自清即使身患重病，仍然拒不购买美国的救济粮，在困厄当中病逝于北平，表现出中国文人身处困境仍铁骨铮铮的骨气。

……

朱自清的这些散文名章，在中小学的教科书当中我们都差不多熟能成诵了。在本书中，编选了更多朱自清的代表作品，让我们在饱含情感的文字中，看到那个单薄却高大的身影，为那一抹温暖的颜色所感动。

大家小书 | 背影

目　录

1 —— 匆匆

6 —— 歌声

8 —— 桨声灯影里的秦淮河

24 —— 月朦胧，鸟朦胧，帘卷海棠红

27 —— 绿

31 —— 白水漈

33 —— 背影

41 —— 荷塘月色

48 —— 扬州的夏日

53 —— 白马湖

59 —— 看花

66 —— 春

69 —— 冬天

77 —— 择偶记

84 —— 说扬州

90 —— 南京

101 —— 潭柘寺·戒坛寺

108 —— 威尼斯

115 —— 莱茵河

122 —— 巴黎

159 —— 初到清华记

164 —— 蒙自杂记

170 —— 我是扬州人

180 —— 我所见的叶圣陶

187 —— 教育家的夏丏尊先生

匆 匆

  燕子去了,有再来的时候;杨柳枯了,有再青的时候;桃花谢了,有再开的时候。但是,聪明的,你告诉我,我们的日子为什么一去不复返呢?——是有人偷了他们罢:那是谁?又藏在何处呢?是他们自己逃走了罢:现在又到了哪里呢?

  我不知道他们给了我多少日子;但我的手确乎是渐渐空虚了。在默默里算着,八千多日子已经从我手中溜去；像针尖上一滴水滴在大海里，我的日子滴在时间的流里，没有声音，也没有影子。我不禁头涔涔而泪潸潸了。

去的尽管去了，来的尽管来着；去来的中间，又怎样地匆匆呢？早上我起来的时候，小屋里射进两三方斜斜的太阳。太阳他有脚啊，轻轻悄悄地挪移了；我也茫茫然跟着旋转。于是——洗手的时候，日子从水盆里过去；吃饭的时候，日子从饭碗里过去；默默时，便从凝然的双眼前过去。我觉察他去得匆匆了，伸出手遮挽时，他又从遮挽着的手边过去；天黑时，我躺在床上，他便伶伶俐俐地从我身上跨过，从我脚边飞去了。等我睁开眼和太阳再见，这算又溜走了一日。我掩着面叹息。但是新来的日子的影儿又开始在叹息里闪过了。

在逃去如飞的日子里，在千门万户的世界里的我能做些什么呢？只有徘徊罢了，只有匆匆罢了；在八千多日的匆匆里，除徘徊外，又剩些什么呢？过去的日子如轻烟，被微风吹散了，如薄雾，被初阳蒸融洗手的时候，日子从水盆里过去；吃饭的时候，日子从饭碗里过去；默默时，便从凝然的双眼前过去。

生活中的各种过程,都有它独立的意义和价值——每一刹那有它的意义与价值!每一刹那在持续的时间里,有它相当的位置。(朱自清《给俞平伯的信》)

了;我留着些什么痕迹呢?我何曾留着像游丝样的痕迹呢?我赤裸裸来到这世界,转眼间也将赤裸裸地回去罢?但不能平的,为什么偏要白白走这一遭啊?

　　你聪明的,告诉我,我们的日子为什么一去不复返呢?

1922年3月28日

歌 声

昨晚中西音乐歌舞大会里"中西丝竹和唱"的三曲清歌,真令我神迷心醉了。

仿佛一个暮春的早晨,霏霏的毛雨默然洒在我脸上,引起润泽、轻松的感觉。新鲜的微风吹动我的衣袂,像爱人的鼻息吹着我的手一样。我立的一条白矾石的甬道上,经了那细雨,正如涂了一层薄薄的乳油;踏着只觉越发滑腻可爱了。

这是在花园里。群花都还做她们的清梦。那微雨偷偷洗去她们的尘垢，她们的甜软的光泽便自焕发了。在那被洗去的浮艳下，我能看到她们在有日光时所深藏着的恬静的红、冷落的紫，和苦笑的白与绿。以前锦绣般在我眼前的，现有都带了黯淡的颜色——是愁着芳春的销歇么？是感着芳春的困倦么？

大约也因那濛濛的雨，园里没了浓郁的香气。涓涓的东风只吹来一缕缕饿了似的花香；夹带着些潮湿的草丛的气息和泥土的滋味。园外田亩和沼泽里，又时时送过些新插的秧、少壮的麦，和成荫的柳树的清新的蒸气。这些虽非甜美，却能强烈地刺激我的鼻观，使我有愉快的倦怠之感。

看啊，那都是歌中所有的：我用耳，也用眼、鼻、舌、身听着；也用心唱着。我终于被一种健康的麻痹袭取了。于是为歌所有。此后只由歌独自唱着、听着；世界上便只有歌声了。

1921年11月3日，上海

桨声灯影里的秦淮河

一九二三年八月的一晚,我和平伯同游秦淮河;平伯是初泛,我是重来了。我们雇了一只"七板子",在夕阳已去、皎月方来的时候,便下了船。于是桨声汩——汩,我们开始领略那晃荡着蔷薇色的历史的秦淮河的滋味了。

秦淮河里的船,比北京万牲园、颐和园的船好,比西湖的船好,比扬州瘦西湖的船也好。这几处的船不是觉着笨,就是觉着简陋、局促;都不能引起乘客们的情韵,如秦淮河的船一样。秦淮河的船约略可分为两种:一是大船;一是小船,就是所谓"七板子"。大船舱口阔大,可容二三十人。里面陈设着字画和光洁的红木家具,桌上一律嵌着冰凉的大理石面。窗格雕镂颇细,使人起柔腻之感。窗格里映着红色蓝色的玻璃;玻璃上有精致的花纹,也颇悦人目。"七板子"规模虽不及大船,但那淡蓝色的栏杆、空敞的舱,也足系人情思。而最出色处却在它的舱前。舱前是甲板上的一部。上面有弧形的顶,两边用疏疏的栏杆支着。里面通常放着两张藤的躺椅。躺下,可以谈天,可以望远,可以顾盼两岸的河房。大船上也有这个,便在小船上更觉清隽罢了。舱前的顶下,一律悬着灯彩;灯的多少、明暗,彩苏的精粗、艳晦,是不一的。但好歹总还你一个灯彩。这灯彩实在是最能钩人的东西。夜幕垂垂地下来时,大小船上都点起灯火。从两重玻璃里映出那辐射着的黄黄的散光,反晕出一片朦胧的烟霭;透过这烟霭,在黯黯的水波里,又逗起缕缕的明漪。在这薄霭和微漪里,听着那悠然的间歇的桨声,谁能不被引入他的美梦去呢?只愁梦太多了,这些大小船儿如何载得起呀?我们这时模模糊糊地谈着明末的秦淮河的艳迹,如《桃花扇》及《板桥杂记》里所载的。我们真神往了。我们仿佛亲见那时华灯映水、画舫凌波的光景了。于是我们的船便成了历史的重载了。我们终于恍然秦淮河的船所以雅丽过于他处而又有奇异的吸引力,实在是许多历史的影像使然了。

  秦淮河的水是碧阴阴的;看起来厚而不腻,或者是六朝金粉所凝么?我们初上船的时候,天色还未断黑,那漾漾的柔波是这样地恬静、委婉,使我们一面有水阔天空之想,一面又憧憬着纸醉金迷之境了。等到灯火明时,阴阴的变为沉沉了:黯淡的水光,像梦一般;那偶然闪烁着的光芒,就是梦的眼睛了。我们坐在舱前,因了那隆起的顶棚,仿佛总是昂着首向前走着似的;于是飘飘然如御风而行的我们,看着那些自在的湾、泊着的船、船里走马灯般的人物,便像是下界一般,迢迢地远了,又像在雾里看花,尽朦朦胧胧的。这时我们已过了利涉桥,望见东关头了。沿路听见断续的歌声:有从沿河的妓楼飘来的,有从河上船里渡来的。我们明知那些歌声,只是些因袭的言词,从生涩的歌喉里机械地发出来的;但它们经了夏夜的微风的吹漾和水波的摇拂,袅娜着到我们耳边的时候,已经不单是她们的歌声,而混着微风和河水的密语了。于是我们不得不被牵惹着,震撼着,相与浮沉于这歌声里了。从东关头转弯,不久就到大中桥。大中桥共有三个桥拱,都很阔大,俨然是三座门儿;使我们觉得我们的船和船里的我们,在桥下过去时,真是太无颜色了。桥砖是深褐色,表明它的历史的长久;但都完好无缺,令人太息于古昔工程的坚美。桥上两旁都是木壁的房子,中间应该有街路?这些房子都破旧了,多年烟熏的迹,遮没了当年的美丽。我想象秦淮河的极盛时,在这样宏阔的桥上,特地盖了房子,必然是髹漆得富富丽丽的;晚间必然是灯火通明的。现在却只剩下一片黑沉沉!但是桥上造着房子,毕竟使我们多少可以想见往日的繁华;这也慰情聊胜无了。过了大中桥,便到了灯月交辉、笙歌彻夜的秦淮河;这才是秦淮河的真面目哩。

　　大中桥外，顿然空阔，和桥内两岸排着密密的人家大异了。一眼望去，疏疏的林、淡淡的月衬着蓝蔚的天，颇像荒江野渡光景；那边呢，郁丛丛的，阴森森的，又似乎藏着无边的黑暗：令人几乎不信那是繁华的秦淮河了。但是河中眩晕着的灯光、纵横着的画舫、悠扬着的笛韵，夹着那吱吱的胡琴声，终于使我们认识绿如茵陈酒的秦淮水了。此地天裸露着的多些，故觉夜来得独迟些；从清清的水影里，我们感到的只是薄薄的夜——这正是秦淮河的夜。大中桥外，本来还有一座复成桥，是船夫口中的我们的游踪尽处，或也是秦淮河繁华的尽处了。我的脚曾踏过复成桥的脊，在十三四岁的时候。但是两次游秦淮河，却都不曾见着复成桥的面；明知总在前途的，却常觉得有些虚无缥缈似的。我想，不见倒也好。这时正是盛夏。我们下船后，借着新生的晚凉和河上的微风，暑气已渐渐消散；到了此地，豁然开朗，身子顿然轻了——习习的清风荏苒在面上、手上、衣上，这便又感到了一缕

新凉了。南京的日光,大概没有杭州猛烈;西湖的夏夜老是热蓬蓬的,水像沸着一般,秦淮河的水却尽是这样冷冷地绿着。任你人影的幢幢,歌声的扰扰,总像隔着一层薄薄的绿纱面幂似的;它尽是这样静静地,冷冷地绿着。我们出了大中桥,走不上半里路,船夫便将船划到一旁,停了桨由它宕着。他以为那里正是繁华的极点,再过去就是荒凉了;所以让我们多多赏鉴一会儿。他自己却静静地蹲着。他是看惯这光景的了,大约只是一个无可无不可。这无可无不可,无论是升的沉的,总之,都比我们高了。

那时河里闹热极了;船大半泊着,小半在水上穿梭似的来往。停泊着的都在近市的那一边,我们的船自然也夹在其中。因为这边略略地挤,便觉得那边十分地疏了。在每一只船从那边过去时,我们能画出它的轻轻的影和曲曲的波,在我们的心上;这显着是空,且显着是静了。那时处处都是歌声和凄厉的胡琴声,圆润的喉咙确乎是很少的。但那生涩的、尖脆的调子能使人有少年的、粗率不拘的感觉,也正可快我们的意。况且多少隔开些儿听着，因为想象与渴慕的作美，总觉更有滋味；而竞发的喧嚣、抑扬的不齐、远近的杂沓和乐器的嘈嘈切切，合成另一意味的谐音，也使我们无所适从，如随着大风而走。这实在因为我们的心枯涩久了，变为脆弱；故偶然润泽一下，便疯狂似的不能自主了。但秦淮河确也腻人。即如船里的人面，无论是和我们一堆儿泊着的，无论是从我们眼前过去的，总是模模糊糊的，甚至渺渺茫茫的；任你张圆了眼睛，揩净了眦垢，也是枉然。这真够人想呢。在我们停泊的地方，灯光原是纷然的；不过这些灯光都是黄而有晕的。黄已经不能明了，再加上了晕，便更不成了。灯愈多，晕就愈甚；在繁星般的黄的交错里，秦淮河仿佛笼上了一团光雾。光芒与雾气腾腾地晕着，什么都只剩了轮廓了；所以人面的详细的曲线，便消失于我们的眼底了。但灯光究竟夺不了那边的月色；灯光是浑的，月色是清的，在浑沌的灯光里，渗入了一派清辉，却真是奇迹！那晚月儿已瘦削了两三分。她晚妆才罢，盈盈地上了柳梢头。天是蓝得可爱，仿佛一汪水似的；月儿便更出落得精神了。岸上原有三株两株的垂杨树，淡淡的影子，在水里摇曳着。它们那柔细的枝条浴着月光，就像一支支美人的臂膊，交互地缠着、挽着；又像是月儿披着的发。而月儿偶然也从它们的交叉处偷偷窥看我们，大有小姑娘怕羞的样子。岸上另有几株不知名的老树，光光地立着；在月光里照起来，却又俨然是精神矍铄的老人。远处——快到天际线了，才有一两片白云，亮得现出异彩，像美丽的贝壳一般。白云下便是黑黑的一带轮廓；是一条随意画的不规则的曲线。这一段光景，和河中的风味大异了。但灯与月竟能并存着、交融着，使月成了缠绵的月，灯射着渺渺的灵辉；这正是天之所以厚秦淮河，也正是天之所以厚我们了。

　　这时却遇着了难解的纠纷。秦淮河上原有一种歌妓，是以歌为业的。从前都在茶舫上，唱些大曲之类。每日午后一时起；什么时候止，却忘记了。晚上照样也有一回，也在黄晕的灯光里。我从前过南京时，曾随着朋友去听过两次。因为茶舫里的人脸太多了，觉得不大适意,终于听不出所以然。前年听说歌妓被取缔了,不知怎地,颇涉想了几次——却想不出什么。这次到南京,先到茶舫上去看看,觉得颇是寂寥,令我无端地怅怅了。不料她们却仍在秦淮河里挣扎着,不料她们竟会纠缠到我们,我于是很张皇了。她们也乘着"七板子",她们总是坐在舱前的。舱前点着石油汽灯,光亮眩人眼目:坐在下面的,自然是纤毫毕见了——引诱客人们的力量,也便在此了。舱里躲着乐工等人,映着汽灯的余辉蠕动着;他们是永远不被注意的。每船的歌妓大约都是二人;天色一黑,她们的船就在大中桥外往来不息地兜生意。无论行着的船、泊着的船,都要来兜揽的。这都是我后来推想出来的。那晚不知怎样,忽然轮着我们的船了。我们的船好好地停着,一只歌舫划向我们来的;渐渐和我们的船并着了。铄铄的灯光逼得我们皱起了眉头;我们的风尘色全给它托出来了,这使我踧踖不安了。那时一个伙计跨过船来,拿着摊开的歌折,就近塞向我的手里,说,"点几出吧!"他跨过来的时候,我们船上似乎有许多眼光跟着。同时相近的别的船上,也似乎有许多眼睛炯炯地向我们船上看着。我真窘了!我也装出大方的样子,向歌妓们瞥了一眼,但究竟是不成的!我勉强将那歌折翻了一翻,却不曾看清了几个字;便赶紧递还那伙计,一面不好意思地说,"不要,我们……不要。"他便塞给平伯。平伯掉转头去,摇手说,"不要!"那人还腻着不走。平伯又回过脸来,摇着头道,"不要!"于是那人重到我处。我窘着再拒绝了他。他这才有所不屑似的走了。我的心立刻放下,如释了重负一般。我们就开始自白了。

我说我受了道德律的压迫,拒绝了她们;心里似乎很抱歉的。这所谓抱歉,一面对于她们,一面对于我自己。她们于我们虽然没有很奢的希望;但总有些希望的。我们拒绝了她们,无论理由如何充足,却使她们的希望受了伤;这总有几分不作美了。这是我觉得很怅怅的。至于我自己,更有一种不足之感。我这时被四面的歌声诱惑了,降服了;但是远远地,远远的歌声总仿佛隔着重衣搔痒似的,越搔越搔不着痒处。我于是憧憬着贴耳的妙音了。在歌舫划来时，我的憧憬变为盼望；我固执地盼望着，有如饥渴。虽然从浅薄的经验里也能够推知，那贴耳的歌声将剥去了一切的美妙；但一个平常的人像我的，谁愿凭了理性之力去丑化未来呢？我宁愿自己骗着了。不过我的社会感性是很敏锐的；我的思力能拆穿道德律的西洋镜，而我的感情却终于被它压服着，我于是有所顾忌了，尤其是在众目昭彰的时候。道德律的力，本来是民众赋予的；在民众的面前，自然更显出它的威严了。我这时一面盼望，一面却感到了两重的禁制：一，在通俗的意义上，接近妓者总算一种不正当的行为；二，妓是一种不健全的职业，我们对于她们应有哀矜勿喜之心，不应赏玩地去听她们的歌。在众目睽睽之下，这两种思想在我心里最为旺盛。她们暂时压倒了我的听歌的盼望，这便成就了我的灰色的拒绝。那时的心实在异常状态中，觉得颇是昏乱。歌舫去了，暂时宁静之后，我的思绪又如潮涌了。两个相反的意思在我心头往复：卖歌和卖淫不同，听歌和狎妓不同，又干道德甚事？——但是，但是，她们既被逼得以歌为业，她们的歌必无艺术味的；况她们的身世，我们究竟该同情的。所以拒绝倒也是正办。但这些意思终于不曾撇开我的听歌的盼望。它力量异常坚强；它总想将别的思绪踏在脚下。从这重重的争斗里，我感到了浓厚的不足之感。这不足之感使我的心盘旋不安，起坐都不安宁了。唉！我承认我是一个自私的人！平伯呢，却与我不同。他引周启明先生的诗，"因为我有妻子，所以我爱一切的女人；因为我有子女，所以我爱一切的孩子。"

他的意思可以见了。他因为推及的同情，爱着那些歌妓，并且尊重着她们，所以拒绝了她们。在这种情形下，他自然以为听歌是对于她们的一种侮辱。但他也是想听歌的，虽然不和我一样，所以在他的心中，当然也有一番小小的争斗；争斗的结果，是同情胜了。至于道德律，在他是没有什么的；因为他很有蔑视一切的倾向，民众的力量在他是不大觉着的。这时他的心意的活动比较简单，又比较松弱，故事后还怡然自若；我却不能了。这里平伯又比我高了。

在我们谈话中间，又来了两只歌舫。伙计照前一样地请我们点戏，我们照前一样地拒绝了。我受了三次窘，心里的不安更甚了。清艳的夜景也为之减色。船夫大约因为要赶第二趟生意，催着我们回去；我们无可无不可地答应了。我们渐渐和那些晕黄的灯光远了，只有些月色冷清清地随着我们的归舟。我们的船竟没个伴儿，秦淮河的夜正长哩！到大中桥近处，才遇着一只来船。这是一只载妓的板船，黑漆漆的没有一点光。船头上坐着一个妓女；暗里看出，白地小花的衫子，黑的下衣。她手里拉着胡琴，口里唱着青衫的调子。她唱得响亮而圆转；当她的船箭一般驶过去时，余音还袅袅地在我们耳际，使我们倾听而向往。想不到在弩末的游踪里，还能领略到这样的清歌！这时船过大中桥了，森森的水影，如黑暗张着巨口，要将我们的船吞了下去，我们回顾那渺渺的黄光，不胜依恋之情；我们感到了寂寞了！这一段地方夜色甚浓，又有两头的灯火招邀着；桥外的灯火不用说了，过了桥另有东关头疏疏的灯火。我们忽然仰头看见依人的素月，不觉深悔归来之早了！走过东关头，有一两只大船湾泊着，又有几只船向我们来着。嚣嚣的一阵歌声人语，仿佛笑我们无伴的孤舟哩。东关头转弯，河上的夜色更浓了；临水的妓楼上，时时从帘缝里射出一线一线的灯光；仿佛黑暗从酣睡里眨了一眨眼。我们默然地对着，静听那汩——汩的桨声，几乎要入睡了；朦胧里却温寻着适才的繁华的余味。我那不安的心在静里愈显活跃了！这时我们都有了不足之感，而我的更其浓厚。我们却只不愿回去，于是只能由懊悔而怅惘了。船里便满载着怅惘了。直到利涉桥下，微微嘈杂的人声，才使我豁然一惊；那光景却又不同。右岸的河房里，都大开了窗户，里面亮着晃晃的电灯，电灯的光射到水上，蜿蜒曲折，闪闪不息，正如跳着舞的仙女的臂膊。我们的船已在她的臂膊里了；如睡在摇篮里一样，倦了的我们便又入梦了。那电灯下的人物，只觉像蚂蚁一般，更不去萦念。这是最后的梦；可惜是最短的梦！黑暗重复落在我们面前，我们看见傍岸的空船上一星两星的、枯燥无力又摇摇不定的灯光。我们的梦醒了，我们知道就要上岸了；我们心里充满了幻灭的情思。

1923 年 10 月 11 日作完，于温州

月朦胧,鸟朦胧,帘卷海棠红

　　这是一张尺多宽的小小的横幅,马孟容君画的。上方的左角,斜着一卷绿色的帘子,稀疏而长;当纸的直处三分之一,横处三分之二。帘子中央,着一黄色的、茶壶嘴似的钩儿——就是所谓软金钩么?"钩弯"垂着双穗,石青色;丝缕微乱,若小曳于轻风中。纸右一圆月,淡淡的青光遍满纸上;月的纯净、柔软与平和，如一张睡美人的脸。从帘的上端向右斜伸而下，是一枝交缠的海棠花。花叶扶疏，上下错落着，共有五丛；或散或密，都玲珑有致。叶嫩绿色，仿佛掐得出水似的；在月光中掩映着，微微有浅深之别。花正盛开，红艳欲流；黄色的雄蕊历历的、闪闪的。衬托在丛绿之间，格外觉着妖娆了。枝欹斜而腾挪，如少女的一只臂膊。枝上歇着一对黑色的八哥，背着月光，向着帘里。一只歇得高些，小小的眼儿半睁半闭的，似乎在入梦之前，还有所留恋似的。那低些的一只别过脸来对着这一只，已缩着颈儿睡了。帘下是空空的，不着一些痕迹。

　　试想在圆月朦胧之夜，海棠是这样的妩媚而嫣润；枝头的好鸟为什么却双栖而各梦呢？在这夜深人静的当儿，那高踞着的一只八哥儿，又为何尽撑着眼皮儿不肯睡去呢？他到底等什么来着？舍不得那淡淡的月儿么？舍不得那疏疏的帘儿么？不，不，不，您得到帘下去找，您得向帘中去找——您该找着那卷帘人了，他的情韵风怀，原是这样这样的哟！朦胧的岂独月呢，岂独鸟呢？但是，咫尺天涯，教我如何耐得？我拼着千呼万唤；你能够出来么？

这页画布局那样经济，设色那样柔活，故精彩足以动人。虽是区区尺幅，而情韵之厚，已足沦肌浃髓而有余。我看了这画，瞿然而惊：留恋之怀，不能自已。故将所感受的印象细细写出，以志这一段因缘。但我于中西的画都是门外汉，所说的话不免为内行所笑——那也只好由他了。

1924 年 2 月 1 日，温州作

绿

我第二次到仙岩的时候,我惊诧于梅雨潭的绿了。

梅雨潭是一个瀑布潭。仙岩有三个瀑布,梅雨瀑最低。走到山边,便听见哗哗哗哗的声音;抬起头,镶在两条湿湿的黑边儿里的,一带白而发亮的水便呈现于眼前了。我们先到梅雨亭。梅雨亭正对着那条瀑布;坐在亭边,不必仰头,便可见它的全体了。亭下深深的便是梅雨潭。这个亭踞在突出的一角的岩石上,上下都空空儿的；仿佛一只苍鹰展着翼翅浮在天宇中一般。三面都是山，像半个环儿拥着；人如在井底了。这是一个秋季的薄阴的天气。微微的云在我们顶上流着；岩面与草丛都从润湿中透出几分油油的绿意。而瀑布也似乎分外地响了。那瀑布从上面冲下，仿佛已被扯成大小的几绺；不复是一幅整齐而平滑的布。岩上有许多棱角；瀑流经过时，作急剧的撞击，便飞花碎玉般乱溅着了。那溅着的水花，晶莹而多芒；远望去，像一朵朵小小的白梅，微雨似的纷纷落着。据说，这就是梅雨潭之所以得名了。但我觉得像杨花，格外确切些。轻风起来时，点点随风飘散，那更是杨花了——这时偶然有几点送入我们温暖的怀里，便倏地钻了进去，再也寻它不着。

梅雨潭闪闪的绿色招引着我们；我们开始追捉她那离合的神光了。揪着草，攀着乱石，小心探身下去，又鞠躬过了一个石穹门，便到了汪汪一碧的潭边了。瀑布在襟袖之间；但我的心中已没有瀑布了。我的心随潭水的绿而摇荡。那醉人的绿呀！仿佛一张极大极大的荷叶铺着，满是奇异的绿呀。我想张开两臂抱住她；但这是怎样一个妄想呀——站在水边，望到那面，居然觉着有些远呢！这平铺着、厚积着的绿，着实可爱。她松松地皱缬着，像少妇拖着的裙幅；她轻轻地摆弄着，像跳动的初恋的处女的心；她滑滑地明亮着，像涂了"明油"一般，有鸡蛋清那样软，那样嫩，令人想着所曾触过的最嫩的皮肤；她又不杂些儿尘滓，宛然一块温润的碧玉，只清清的一色——但你却看不透她！我曾见过北京什刹海拂地的绿杨，脱不了鹅黄的底子，似乎太淡了。我又曾见过杭州虎跑寺近旁高峻而深密的"绿壁"，丛叠着无穷的碧草与绿叶的，那又似乎太浓了。其余呢，西湖的波太明了，秦淮河的也太暗了。可爱的，我将什么来比拟你呢？我怎么比拟得出呢？大约潭是很深的，故能蕴蓄着这样奇异的绿；仿佛蔚蓝的天融了一块在里面似的，这才这般的鲜润呀——那醉人的绿呀！我若能裁你以为带，我将赠给那轻盈的舞女；她必能临风飘举了。我若能挹你以为眼，我将赠给那善歌的盲妹；她必明眸善睐了。我舍不得你；我怎舍得你呢？我用手拍着你，抚摩着你，如同一个十二三岁的小姑娘。我又掬你入口，便是吻着她了。我送你一个名字，我从此叫你"女儿绿"，好么？

我第二次到仙岩的时候，我不禁惊诧于梅雨潭的绿了。

1924 年 2 月 8 日，温州作

白水漈

几个朋友伴我游白水漈。

这也是个瀑布；但是太薄了，又太细了。有时闪着些须的白光；等你定睛看去，却又没有——只剩一片飞烟而已。从前有所谓"雾縠"，大概就是这样了。所以如此，全由于岩石中间突然空了一段；水到那里，无可凭依，凌虚飞下，便扯得又薄又细了。当那空处，最是奇迹。白光嬗为飞烟，已是影子，有时却连影子也不见。有时微风过来,用纤手挽着那影子,它便袅袅地成了一个软弧;但她的手才松,它又像橡皮带儿似的,立刻伏伏帖帖地缩回来了。我所以猜疑,或者另有双不可知的巧手,要将这些影子织成一个幻网——微风想夺了她的,她怎么肯呢?

幻网里也许织着诱惑;我的依恋便是个老大的证据。

1924年3月16日,宁波作

背影

我与父亲不相见已二年余了,我最不能忘记的是他的背影。那年冬天,祖母死了,父亲的差使也交卸了,正是祸不单行的日子,我从北京到徐州,打算跟着父亲奔丧回家。到徐州见着父亲,看见满院狼藉的东西,又想起祖母,不禁簌簌地流下眼泪。父亲说,"事已如此,不必难过,好在天无绝人之路!"

回家变卖典质,父亲还了亏空;又借钱办了丧事。

这些日子，家中光景很是惨淡，一半为了丧事，一半为了父亲赋闲。丧事完毕，父亲要到南京谋事，我也要回北京念书，我们便同行。

到南京时，有朋友约去游逛，勾留了一日；第二日上午便须渡江到浦口，下午上车北去。父亲因为事忙，本已说定不送我，叫旅馆里一个熟识的茶房陪我同去。他再三嘱咐茶房，甚是仔细。但他终于不放心，怕茶房不妥帖；颇踌躇了一会。其实我那年已二十岁，北京已来往过两三次，是没有甚么要紧的了。他踌躇了一会，终于决定还是自己送我去。我两三回劝他不必去；他只说，"不要紧，他们去不好！"

我们过了江，进了车站。我买票，他忙着照看行李。行李太多了，得向脚夫行些小费，才可过去。他便又忙着和他们讲价钱。我那时真是聪明过分，总觉他说话不大漂亮，非自己插嘴不可。但他终于讲定了价钱；就送我上车。他给我拣定了靠车门的一张椅子；我将他给我做的紫毛大衣铺好坐位。他嘱我路上小心，夜里警醒些，不要受凉。又嘱托茶房好好照应我。我那年冬天,祖母死了,父亲的差使也交卸了,正是祸不单行的日子。

因祖母逝世,回扬州奔丧。父亲时任徐州榷运局长。在徐州纳了几房妾。此事被当年从宝应带回淮阴的淮阴籍潘姓姨太得知,她赶到徐州大闹一场,终至上司怪罪下来,撤了父亲的差。为打发徐州的姨太太,父亲花了许多钱,以至亏空五百元。让家里变卖首饰,才算补上窟窿。祖母不堪承受此变故而辞世。(姜建、吴为公《朱自清年谱》)

心里暗笑他的迂;他们只认得钱,托他们直是白托!而且我这样大年纪的人,难道还不能料理自己么?唉,我现在想想,那时真是太聪明了!

我说道,"爸爸,你走吧。"他望车外看了看,说,"我买几个橘子去。你就在此地,不要走动。"我看那边月台的栅栏外有几个卖东西的等着顾客。走到那边月台,须穿过铁道,须跳下去又爬上去。父亲是一个胖子,走过去自然要费事些。我本来要去的,他不肯,只好让他去。我看见他戴着黑布小帽,穿着黑布大马褂、深青布棉袍,蹒跚地走到铁道边,慢慢探身下去,尚不大难。可是他穿过铁道,要爬上那边月台,就不容易了。他用两手攀着上面,两脚再向上缩;他肥胖的身子向左微倾,显出努力的样子。这时我看见他的背影,我的泪很快地流下来了。我赶紧拭干了泪,怕他看见,也怕别人看见。我再向外看时,他已抱了朱红的橘子望回走了。过铁道时,他先将橘子散放在地上,自己慢慢爬下,再抱起橘子走。到这边时,我赶紧去搀他。他和我走到车上,将橘子一股脑儿放在我的皮大衣上。于是扑扑衣上的泥土，心里很轻松似的，过一会说，"我走了；到那边来信！"我望着他走出去。他走了几步，回过头看见我，说，"进去吧，里边没人。"等他的背影混入来来往往的人里，再找不着了，我便进来坐下，我的眼泪又来了。

近几年来，父亲和我都是东奔西走，家中光景是一日不如一日。他少年出外谋生，独力支持，做了许多大事。那知老境却如此颓唐！他触目伤怀，自然情不能自已。情郁于中，自然要发之于外；家庭琐屑便往往触他之怒。他待我渐渐不同往日。但最近两年的不见，他终于忘却我的不好，只是惦记着我，惦记着我的儿子。我北来后，他写了一信给我，信中说道，"我身体平安，惟膀子疼痛利害，举箸提笔，诸多不便，大约大去之期不远矣。"我读到此处，在晶莹的泪光中，又看见那肥胖的、青布棉袍、黑布马褂的背影。唉！我不知何时再能与他相见！

1925年10月在北平

荷塘月色

这几天心里颇不宁静。今晚在院子里坐着乘凉,忽然想起日日走过的荷塘,在这满月的光里,总该另有一番样子吧。月亮渐渐地升高了,墙外马路上孩子们的欢笑,已经听不见了;妻在屋里拍着闰儿,迷迷糊糊地哼着眠歌。我悄悄地披了大衫,带上门出去。

沿着荷塘,是一条曲折的小煤屑路。这是一条幽僻的路；白天也少人走，夜晚更加寂寞。荷塘四面，长着许多树，蓊蓊郁郁的。路的一旁，是些杨柳，和一些不知道名字的树。没有月光的晚上，这路上阴森森的，有些怕人。今晚却很好，虽然月光也还是淡淡的。

路上只我一个人，背着手踱着。这一片天地好像是我的；我也像超出了平常的自己，到了另一世界里。我爱热闹，也爱冷静；爱群居，也爱独处。像今晚上，一个人在这苍茫的月下，什么都可以想，什么都可以不想，便觉是个自由的人。白天里一定要做的事，一定要说的话，现在都可不理。这是独处的妙处，我且受用这无边的荷香月色好了。

曲曲折折的荷塘上面，弥望的是田田的叶子。叶子出水很高，像亭亭的舞女的裙。层层的叶子中间，零星地点缀着些白花，有袅娜地开着的，有羞涩地打着朵儿的；正如一粒粒的明珠，又如碧天里的星星，又如刚出浴的美人。微风过处，送来缕缕清香，仿佛远处高楼上渺茫的歌声似的。这时候叶子与花也有一丝的颤动,像闪电般,霎时传过荷塘的那边去了。叶子本是肩并肩密密地挨着,这便宛然有了一道凝碧的波痕。叶子底下是脉脉的流水,遮住了,不能见一些颜色;而叶子却更见风致了。

月光如流水一般,静静地泻在这一片叶子和花上。薄薄的青雾浮起在荷塘里。叶子和花仿佛在牛乳中洗过一样;又像笼着轻纱的梦。虽然是满月,天上却有一层淡淡的云,所以不能朗照;但我以为这恰是到了好处——酣眠固不可少,小睡也别有风味的。月光是隔了树照过来的,高处丛生的灌木,落下参差的斑驳的黑影,峭楞楞如鬼一般;弯弯的杨柳的稀疏的倩影,却又像是画在荷叶上。塘中的月色并不均匀;但光与影有着和谐的旋律,如梵婀玲上奏着的名曲。

荷塘的四面,远远近近,高高低低都是树,而杨柳最多。这些树将一片荷塘重重围住;只在小路一旁,漏着几段空隙,像是特为月光留下的。树色一例是阴阴的,乍看像一团烟雾;但杨柳的丰姿,便在烟

雾里也辨得出。树梢上隐隐约约的是一带远山，只有些大意罢了。树缝里也漏着一两点路灯光，没精打采的，是渴睡人的眼。这时候最热闹的，要数树上的蝉声与水里的蛙声；但热闹是它们的，我什么也没有。

忽然想起采莲的事情来了。采莲是江南的旧俗，似乎很早就有，而六朝时为盛；从诗歌里可以约略知道。采莲的是少年的女子，她们是荡着小船、唱着艳歌去的。采莲人不用说很多，还有看采莲的人。那是一个热闹的季节，也是一个风流的季节。梁元帝《采莲赋》里说得好：

> 于是妖童媛女，荡舟心许；鹢首徐回，兼传羽杯；棹将移而藻挂，船欲动而萍开。尔其纤腰束素，迁延顾步；夏始春余，叶嫩花初，恐沾裳而浅笑，畏倾船而敛裾。

可见当时嬉游的光景了。这真是有趣的事，可惜我们现在早已无福消受了。

于是又记起《西洲曲》里的句子:

采莲南塘秋,莲花过人头;低头弄莲子,莲子清如水。

今晚若有采莲人,这儿的莲花也算得"过人头"了;只不见一些流水的影子,是不行的。这令我到底惦着江南了——这样想着,猛一抬头,不觉已是自己的门前;轻轻地推门进去,什么声息也没有,妻已睡熟好久了。

1927年7月,北平清华园

扬州的夏日

扬州从隋炀帝以来,是诗人文士所称道的地方;称道的多了,称道得久了,一般人便也随声附和起来。直到现在,你若向人提起扬州这个名字,他会点头或摇头说:"好地方!好地方!"特别是没去过扬州而念过些唐诗的人,在他心里,扬州真像蜃楼海市一般美丽;他若念过《扬州画舫录》一类书,那更了不得了。但在一个久住扬州像我的人,他却没有那么多美丽的幻想，他的憎恶也许掩住了他的爱好；他也许离开了三四年并不去想它。若是想呢——你说他想什么？女人；不错，这似乎也有名，但怕不是现在的女人吧？——他也只会想着扬州的夏日，虽然与女人仍然不无关系的。

北方和南方一个大不同，在我看，就是北方无水而南方有。诚然，北方今年大雨，永定河、大清河甚至决了堤防，但这并不能算是有水；北平的三海和颐和园虽然有点儿水，但太平衍了，一览而尽，船又那么笨头笨脑的。有水的仍然是南方。扬州的夏日，好处大半便在水上——有人称为"瘦西湖"，这个名字真是太"瘦"了，假西湖之名以行，"雅得这样俗"，老实说，我是不喜欢的。下船的地方便是护城河，曼衍开去，曲曲折折，直到平山堂——这是你们熟悉的名字——有七八里河道，还有许多杈杈桠桠的支流。这条河其实也没有顶大的好处，只是曲折而有些幽静，和别处不同。

沿河最著名的风景是小金山、法海寺、五亭桥；

最远的便是平山堂了。金山你们是知道的，小金山却在水中央。在那里望水最好，看月自然也不错——可是我还不曾有过那样福气。"下河"的人十之九是到这儿的，人不免太多些。法海寺有一个塔，和北海的一样，据说是乾隆皇帝下江南，盐商们连夜督促匠人造成的。法海寺著名的自然是这个塔；但还有一桩，你们猜不着，是红烧猪头。夏天吃红烧猪头，在理论上也许不甚相宜；可是在实际上，挥汗吃着，倒也不坏的。五亭桥如名字所示，是五个亭子的桥。桥是拱形，中一亭最高，两边四亭，参差相称；最宜远看，或看影子，也好。桥洞颇多，乘小船穿来穿去，另有风味。平山堂在蜀冈上。登堂可见江南诸山淡淡的轮廓；"山色有无中"一句话，我看是恰到好处，并不算错。这里游人较少，闲坐在堂上，可以永日。沿路光景，也以闲寂胜。从天宁门或北门下船。蜿蜒的城墙，在水里倒映着苍黝的影子，小船悠然地撑过去，岸上的喧扰像没有似的。

  船有三种：大船专供宴游之用，可以挟妓或打牌。

小时候常跟了父亲去,在船里听着谋得利洋行的唱片。现在这样乘船的大概少了吧?其次是"小划子",真像一瓣西瓜,由一个男人或女人用竹篙撑着。乘的人多了,便可雇两只,前后用小凳子跨着:这也可算得"方舟"了。后来又有一种"洋划",比大船小,比"小划子"大,上支布篷,可以遮日遮雨。"洋划"渐渐地多,大船渐渐地少,然而"小划子"总是有人要的。这不独因为价钱最贱,也因为它的伶俐。一个人坐在船中,让一个人站在船尾上用竹篙一下一下地撑着,简直是一首唐诗,或一幅山水画。而有些好事的少年,愿意自己撑船,也非"小划子"不行。"小划子"虽然便宜,却也有些分别。譬如说,你们也可想到的,女人撑船总要贵些;姑娘撑的自然更要贵啰。这些撑船的女子,便是有人说过的"瘦西湖上的船娘"。船娘们的故事大概不少,但我不很知道。据说以乱头粗服、风趣天然为胜;中年而有风趣,也仍然算好。可是起初原是逢场作戏,或尚不伤廉惠;以后居然有了价格,便觉意味索然了。

北门外一带,叫做"下街",茶馆最多,往往一面临河。船行过时,茶客与乘客可以随便招呼说话。船上人若高兴时,也可以向茶馆中要一壶茶,或一两种"小笼点心",在河中喝着、吃着、谈着。回来时再将茶壶和所谓小笼,连价款一并交给茶馆中人。撑船的都与茶馆相熟,他们不怕你白吃。扬州的小笼点心实在不错:我离开扬州,也走过七八处大大小小的地方,还没有吃过那样好的点心;这其实是值得惦记的。茶馆的地方大致总好,名字也颇有好的。如香影廊、绿杨村,红叶山庄,都是到现在还记得的。绿杨村的幌子,挂在绿杨树上,随风飘展,使人想起"绿杨城郭是扬州"的名句。里面还有小池、丛竹、茅亭,景物最幽。这一带的茶馆布置都历落有致,迥非上海、北平方方正正的茶楼可比。

"下河"总是下午。傍晚回来,在暮霭朦胧中上了岸,将大褂折好搭在腕上,一手微微摇着扇子;这样进了北门或天宁门走回家中。这时候可以念"又得浮生半日闲"那一句诗了。

白马湖

今天是个下雨的日子。这使我想起了白马湖；因为我第一回到白马湖，正是微风飘萧的春日。

白马湖在甬绍铁道的驿亭站，是个极小极小的乡下地方。在北方说起这个名字，管保一百个人一百个不知道。但那却是一个不坏的地方。这名字先就是一个不坏的名字。据说从前有个姓周的骑白马入湖仙去，所以有这个名字。这个故事也是一个不坏的故事。假使你乐意搜集，或也可编成一本小书，交北新书局印去。

　　白马湖并非圆圆的或方方的一个湖，如你所想到的，这是曲曲折折、大大小小许多湖的总名。湖水清极了，如你所能想到的，一点儿不含糊像镜子。沿铁路的水，再没有比这里清的，这是公论。遇到旱年的夏季，别处湖里都长了草，这里却还是一清如故。白马湖最大的，也是最好的一个，便是我们住过的屋的门前那一个。那个湖不算小，但湖口让两面的山包抄住了。外面只见微微的碧波而已，想不到有那么大的一片。湖的尽里头，有一个三四十户人家的村落，叫做西徐岙，因为姓徐的多。这村落与外面本是不相通的，村里人要出来得撑船。后来春晖中学在湖边造了房子，这才造了两座玲珑的小木桥，筑起一道煤屑路，直通到驿亭车站。那是窄窄的一条人行路，蜿蜒曲折的，路上虽常不见人，走起来却不见寂寞——尤其在微雨的春天，一个初到的来客，他左顾右盼，是只有觉得热闹的。

　　春晖中学在湖的最胜处，我们住过的屋也相去不远，是半西式。湖光山色从门里、从墙头进来，到我们窗前、桌上。我们几家接连着；丐翁的家最讲究。屋里有名人字画，有古瓷，有铜佛，院子里满种着花。屋子里的陈设又常常变换，给人新鲜的受用。他有这样好的屋子，又是好客如命，我们便不时地上他家里喝老酒。丐翁夫人的烹调也极好，每回总是满满的盘碗拿出来，空空地收回去。白马湖最好的时候是黄昏。湖上的山笼着一层青色的薄雾，在水里映着参差的模糊的影子。水光微微地暗淡，像是一面古铜镜。轻风吹来，有一两缕波纹，但随即平静了。天上偶见几只归鸟，我们看着它们越飞越远，直到不见为止。这个时候便是我们喝酒的时候。我们说话很少；上了灯话才多些，但大家都已微有醉意。是该回家的时候了。若有月光也许还得徘徊一会儿；若是黑夜，便在暗里摸索醉着回去。

　　白马湖的春日自然最好。山是青得要滴下来，水是满满的、软软的。小马路的两边，一株间一株地种着小桃与杨柳。小桃上各缀着几朵重瓣的红花，像夜空的疏星。杨柳在暖风里不住地摇曳。在这路上走着，时而听见锐而长的火车的笛声是别有风味的。在春天,不论是晴是雨,是月夜是黑夜,白马湖都好——雨中田里菜花的颜色最早鲜艳;黑夜虽什么不见,但可静静地受用春天的力量。夏夜也有好处,有月时可以在湖里划小船,四面满是青霭。船上望别的村庄,像是蜃楼海市,浮在水上,迷离徜恍的;有时听见人声或犬吠,大有世外之感。若没有月呢,便在田野里看萤火。那萤火不是一星半点的,如你们在城中所见;那是成千成百的萤火。一片儿飞出来,像金线网似的,又像耍着许多火绳似的。只有一层使我愤恨。那里水田多,蚊子太多,而且几乎全闪闪烁烁是疟蚊子。我们一家都染了疟疾,至今三四年了,还有未断根的。蚊子多足以减少露坐夜谈或划船夜游的兴致,这未免是美中不足了。

离开白马湖是三年前的一个冬日。前一晚"别筵"上,有丏翁与云君,我不能忘记丏翁,那是一个真挚豪爽的朋友。但我也不能忘记云君,我应该这样说,那是一个可爱的——孩子。

1929 年 7 月 14 日,北平

山是青得要滴下来,水是满满的、软软的。

在通感中，颜色是有温度的，声音是有形象的，冷暖是有重量的；而这里，朱自清的山是有动感的，他的水是有触感的，前者"要滴下来"，后者望去也"软软的"。

看 花

　　生长在大江北岸一个城市里,那儿的园林本是著名的,但近来却很少;似乎自幼就不曾听见过"我们今天看花去"一类话,可见花事是不盛的。有些爱花的人,大都只是将花栽在盆里,一盆盆搁在架上;架子横放在院子里。院子照例是小小的,只够放下一个架子;架上至多搁二十多盆花罢了。有时院子里依墙筑起一座"花台",台上种一株开花的树;也有在院子里地上种的。但这只是普通的点缀，不算是爱花。

家里人似乎都不甚爱花；父亲只在领我们上街时，偶然和我们到"花房"里去过一两回。但我们住过一所房子，有一座小花园，是房东家的。那里有树，有花架（大约是紫藤花架之类），但我当时还小，不知道那些花木的名字；只记得爬在墙上的是蔷薇而已。园中还有一座太湖石堆成的洞门；现在想来，似乎也还好的。在那时由一个顽皮的少年仆人领了我去，却只知道跑来跑去捉蝴蝶；有时掐下几朵花，也只是随意挼弄着，随意丢弃了。至于领略花的趣味，那是以后的事：夏天的早晨，我们那地方有乡下的姑娘在各处街巷，沿门叫着，"卖栀子花来。"栀子花不是什么高品，但我喜欢那白而晕黄的颜色和那肥肥的个儿，正和那些卖花的姑娘有着相似的韵味。栀子花的香，浓而不烈，清而不淡，也是我乐意的。我这样便爱起花来了。也许有人会问，"你爱的不是花吧？"这个我自己其实也已不大弄得清楚，只好存而不论了。

在高小的一个春天，有人提议到城外 F 寺里吃桃子去，而且预备白吃；不让吃就闹一场，甚至打一架也不在乎。那时虽远在"五四运动"以前，但我们那里的中学生却常有打进戏园看白戏的事。中学生能白看戏，小学生为什么不能白吃桃子呢？我们都这样想，便由那提议人纠合了十几个同学，浩浩荡荡地向城外而去。到了 F 寺，气势不凡地呵叱着道人们（我们称寺里的工人为道人），立刻领我们向桃园里去。道人们踌躇着说："现在桃树刚才开花呢。"但是谁信道人们的话？我们终于到了桃园里。大家都丧了气，原来花是真开着呢！这时提议人 P 君便去折花。道人们是一直步步跟着的，立刻上前劝阻，而且用起手来。但 P 君是我们中最不好惹的；"说时迟，那时快"，一眨眼，花在他的手里，道人已踉跄在一旁了。那一园子的桃花，想来总该有些可看；我们却谁也没有想着去看，只嚷着，"没有桃子，得沏茶喝！"道人们满肚子委屈地引我们到"方丈"里，大家各喝一大杯茶。这才平了气，谈谈笑笑地进城去。大概我那时还只懂得爱一朵朵的栀子花，对于开在树上的桃花，是并不了然的；所以眼前的机会，便从眼前错过了。

　　以后渐渐念了些看花的诗，觉得看花颇有些意思。但到北平读了几年书，却只到过崇效寺一次；而去得又嫌早些，那有名的一株绿牡丹还未开呢。北平看花的事很盛，看花的地方也很多；但那时热闹的似乎也只有一班诗人名士，其余还是不相干的。那正是"新文学运动"的起头，我们这些少年，对于旧诗和那一班诗人名士，实在有些不敬；而看花的地方又都远不可言，我是一个懒人，便干脆地断了那条心了。后来到杭州做事，遇见了Y君，他是新诗人兼旧诗人，看花的兴致很好。我和他常到孤山去看梅花。孤山的梅花是古今有名的，但太少；又没有临水的，人也太多。有一回坐在放鹤亭上喝茶，来了一个方面有须、穿着花缎马褂的人，用湖南口音和人打招呼道，"梅花盛开嗒！""盛"字说得特别重，使我吃了一惊；但我吃惊的也只是说在他嘴里"盛"这个声音罢了，花的盛不盛，在我倒并没有什么的。

　　有一回，Y来说，灵峰寺有三百株梅花；寺在山里，去的人也少。我和Y，还有N君，从西湖边雇船到岳坟，从岳坟入山。曲曲折折走了好一会，又上了许多石级，才到山上寺里。寺甚小，梅花便在大殿西边园中。园也不大，东墙下有三间净室，最宜喝茶看花；北边有座小山，山上有亭，大约叫"望海亭"吧，望海是未必，但钱塘江与西湖是看得见的。梅树确是不少，密密地低低地整列着。那时已是黄昏，寺里只我们三个游人；梅花并没有开，但那珍珠似的、繁星似的骨都儿，已经够可爱了；我们都觉得比孤山上盛开时有味。大殿上正做晚课，送来梵呗的声音，和着梅林中的暗香，真叫我们舍不得回去。在园里徘徊了一会，又在屋里坐了一会，天是黑定了，又没有月色，我们向庙里要了一个旧灯笼，照着下山。路上几乎迷了道，又两次三番地狗咬；我们的Y诗人确有些窘了，但终于到了岳坟。船夫远远迎上来道："你们来了，我想你们不会冤我呢！"在船上，我们还不离口地说着灵峰的梅花，直到湖边电灯光照到我们的眼。

　　Y回北平去了，我也到了白马湖。那边是乡下，只有沿湖与杨柳相间着种了一行小桃树，春天花发时，在风里娇媚地笑着。还有山里的杜鹃花也不少。这些日日在我们眼前,从没有人会煞有介事地提议:"我们看花去。"但有一位S君,却特别爱养花;他家里几乎是终年不离花的。我们上他家去,总看他在那里不是拿着剪刀修理枝叶,便是提着壶浇水。我们常乐意看着。他院子里一株紫薇花很好,我们在花旁喝酒,不知多少次。白马湖住了不过一年,我却传染了他那爱花的嗜好。但重到北平时,住在花事很盛的清华园里,接连过了三个春,却从未想到去看一回。只在第二年秋天,曾经和孙三先生在园里看过几次菊花。"清华园之菊"是著名的,孙三先生还特地写了一篇文,画了好些画。但那种"一盆一干一花"的养法,花是好了,总觉没有天然的风趣。

　　直到去年春天,有了些余闲,在花开前,先向人问了些花的名字。一个好朋友是从知道姓名起的,我想看花也正是如此。恰好Y君也常来园中,我们一天三四趟地到那些花下去徘徊。今年Y君忙些,我便一个人去。我爱繁花老干的杏、临风婀娜的小红桃、贴梗累累如珠的紫荆，但最恋恋的是西府海棠。海棠的花繁得好，也淡得好；艳极了，却没有一丝荡意。疏疏的高干子，英气隐隐逼人。可惜没有趁着月色看过；王鹏运有两句词道："只愁淡月朦胧影，难验微波上下潮。"我想月下的海棠花，大约便是这种光景吧。为了海棠，前两天在城里特地冒了大风到中山公园去，看花的人倒也不少；但不知怎地，却忘了畿辅先哲祠。Y告我那里的一株，遮住了大半个院子；别处的都向上长，这一株却是横里伸张的。

花的繁没有法说，海棠本无香，昔人常以为恨，这里花太繁了，却酝酿出一种淡淡的香气，使人久闻不倦。Y告我，正是刮了一日还不息的狂风的晚上；他是前一天去的。他说他去时地上已有落花了，这一日一夜的风，准完了。他说北平看花，是要赶着看的：春光太短了，又晴的日子多；今年算是有阴的日子了，但狂风还是逃不了的。我说北平看花，比别处有意思，也正在此。这时候，我似乎不甚菲薄那一班诗人名士了。

1930 年 4 月

春

盼望着，盼望着，东风来了，春天的脚步近了。

一切都像刚睡醒的样子，欣欣然张开了眼。山朗润起来了，水涨起来了，太阳的脸红起来了。

小草偷偷地从土里钻出来，嫩嫩的，绿绿的。园子里，田野里，瞧去，一大片一大片满是的。坐着，躺着，打两个滚，踢几脚球，赛几趟跑，捉几回迷藏。风轻悄悄的，草绵软软的。

桃树、杏树、梨树,你不让我,我不让你,都开满了花赶趟儿。红的像火,粉的像霞,白的像雪。花里带着甜味,闭了眼,树上仿佛已经满是桃儿、杏儿、梨儿!花下成千成百的蜜蜂嗡嗡地闹着,大小的蝴蝶飞来飞去。野花遍地是:杂样儿,有名字的,没名字的,散在草丛里,像眼睛,像星星,还眨呀眨的。

"吹面不寒杨柳风",不错的,像母亲的手抚摸着你。风里带来些新翻的泥土的气息,混着青草味,还有各种花的香,都在微微润湿的空气里酝酿。鸟儿将窠巢安在繁花嫩叶当中,高兴起来了,呼朋引伴地卖弄清脆的喉咙,唱出宛转的曲子,与轻风流水应和着。牛背上牧童的短笛,这时候也成天在嘹亮地响。

雨是最寻常的,一下就是三两天。可别恼,看,像牛毛,像花针,像细丝,密密地斜织着,人家屋顶上全笼着一层薄烟。树叶子却绿得发亮,小草也青得逼你的眼。傍晚时候,上灯了,一点点黄晕的光,烘托出一片安静而和平的夜。乡下去,小路上,石桥边,撑起伞慢慢走着的人;还有地里工作的农夫,披着蓑、戴着笠的。他们的草屋，稀稀疏疏地，在雨里静默着。

　　天上风筝渐渐多了，地上孩子也多了。城里乡下，家家户户，老老小小，他们也赶趟儿似的，一个个都出来了。舒活舒活筋骨，抖擞抖擞精神，各做各的一份事去。"一年之计在于春"；刚起头儿，有的是工夫，有的是希望。

　　春天像刚落地的娃娃，从头到脚都是新的，它生长着。

　　春天像小姑娘，花枝招展的，笑着，走着。

　　春天像健壮的青年，有铁一般的胳膊和腰脚，领着我们上前去。

1933 年 7 月

冬 天

说起冬天,忽然想到豆腐。是一"小洋锅"白煮豆腐,热腾腾的。水滚着,像好些鱼眼睛,一小块一小块豆腐养在里面,嫩而滑,仿佛反穿的白狐大衣。锅在"洋炉子"上,和炉子都熏得乌黑乌黑,越显出豆腐的白。这是晚上,屋子老了,虽点着"洋灯",也还是阴暗。围着桌子坐的是父亲跟我们哥儿三个。"洋炉子"太高了,父亲得常常站起来,微微地仰着脸，觑着眼睛，从氤氲的热气里伸进筷子，夹起豆腐，一一地放在我们的酱油碟里。我们有时也自己动手，但炉子实在太高了，总还是坐享其成的多。这并不是吃饭，只是玩儿。父亲说晚上冷，吃了大家暖和些。我们都喜欢这种白水豆腐；一上桌就眼巴巴望着那锅，等着那热气，等着热气里从父亲筷子上掉下来的豆腐。

又是冬天，记得是阴历十一月十六晚上，跟S君P君在西湖里坐"小划子"。S君刚到杭州教书，事先来信说："我们要游西湖，不管它是冬天。"那晚月色真好，现在想起来还像照在身上。本来前一晚是"月当头"；也许十一月的月亮真有些特别吧。那时九点多了，湖上似乎只有我们一只"划子"。有点风，月光照着软软的水波；当间那一溜儿反光，像新砑的银子。湖上的山只剩了淡淡的影子。山下偶尔有一两星灯火。S君口占两句诗道："数星灯火认渔村，淡墨轻描远黛痕。"我们都不大说话，只有均匀的桨声。我渐渐地快睡着了。P君"喂"了一下，才抬起眼皮，看见他在微笑。船夫问要不要上净寺去；是阿弥陀佛生日，那

边蛮热闹的。到了寺里，殿上灯烛辉煌，满是佛婆念佛的声音，好像醒了一场梦。这已是十多年前的事了，S君还常常通着信，P君听说转变了好几次，前年是在一个特税局里收特税了，以后便没有消息。

在台州过了一个冬天，一家四口子。台州是个山城，可以说在一个大谷里。只有一条二里长的大街。别的路上白天简直不大见人；晚上一片漆黑。偶尔人家窗户里透出一点灯光，还有走路的拿着的火把；但那是少极了。我们住在山脚下。有的是山上松林里的风声，跟天上一只两只的鸟影。夏末到那里，春初便走，却好像老在过着冬天似的；可是即便真冬天也并不冷。我们住在楼上，书房临着大路；路上有人说话，可以清清楚楚地听见。但因为走路的人太少了，间或有点说话的声音，听起来还只当远风送来的，想不到就在窗外。我们是外路人，除上学校去之外，常只在家里坐着。妻也惯了那寂寞，只和我们爷儿们守着。外边虽老是冬天，家里却老是春天。有一回我上街去，回来的时候，楼下厨房的大方窗开着，并排地挨着她们母子三个；三张脸都带着天真微笑地向着我。似乎台州空空的，只有我们四人；天地空空的，也只有我们四人。那时是民国十年，妻刚从家里出来，满自在。现在她死了快四年了，我却还老记着她那微笑的影子。

　　无论怎么冷，大风大雪，想到这些，我心上总是温暖的。

似乎台州空空的,只有我们四人;天地空空的,也只有我们四人。

不大谈哲理,只是谈一点家常琐事;虽是像淡香疏影似的不过几笔,却常能把他那真挚的灵魂捧出来给读者。
(著名作家赵景深评价朱自清的文章)

择偶记

自己是长子长孙,所以不到十一岁就说起媳妇来了。那时对于媳妇这件事简直茫然,不知怎么一来,就已经说上了。是曾祖母娘家人,在江苏北部一个小县份的乡下住着。家里人都在那里住过很久,大概也带着我;只是太笨了,记忆里没有留下一点影子。祖母常常躺在烟榻上讲那边的事,提着这个那个乡下人的名字。起初一切都像只在那白腾腾的烟气里。日子久了，不知不觉熟悉起来了，亲昵起来了。除了住的地方，当时觉得那叫做"花园庄"的乡下实在是最有趣的地方了。因此听说媳妇就定在那里，倒也仿佛理所当然，毫无意见。每年那边田上有人来，蓝布短打扮，衔着旱烟管，带好些大麦粉、白薯干儿之类。他们偶然也和家里人提到那位小姐，大概比我大四岁，个儿高，小脚；但是那时我热心的，其实还是那些大麦粉和白薯干儿。

记得是十二岁上，那边捎信来，说小姐痨病死了。家里并没有人叹惜；大约他们看见她时她还小，年代一多，也就想不清是怎样一个人了。父亲其时在外省做官，母亲颇为我亲事着急，便托了常来做衣服的裁缝做媒。为的是裁缝走的人家多，而且可以看见太太小姐。主意并没有错，裁缝来说一家人家，有钱，两位小姐，一位是姨太太生的；他给说的是正太太生的大小姐。他说那边要相亲。母亲答应了，定下日子，由裁缝带我上茶馆。记得那是冬天，到日子母亲让我穿上枣红宁绸袍子、黑宁绸马褂，戴上红帽结儿的黑

缎瓜皮小帽，又叮嘱自己留心些。茶馆里遇见那位相亲的先生，方面大耳，同我现在年纪差不多，布袍、布马褂，像是给谁穿着孝。这个人倒是慈祥的样子，不住地打量我，也问了些念什么书一类的话。回来裁缝说人家看得很细：说我的"人中"长，不是短寿的样子，又看我走路，怕脚上有毛病。总算让人家看中了，该我们看人家了。母亲派亲信的老妈子去。老妈子的报告是，大小姐个儿比我大得多，坐下去满满一圈椅；二小姐倒苗苗条条的，母亲说胖了不能生育，像亲戚里谁谁谁；教裁缝说二小姐。那边似乎生了气，不答应，事情就摧了。

母亲在牌桌上遇见一位太太，她有个女儿，透着聪明伶俐。母亲有了心，回家说那姑娘和我同年，跳来跳去的，还是个孩子。隔了些日子，便托人探探那边口气。那边做的官似乎比父亲的更小，那时正是光复的前年，还讲究这些，所以他们乐意做这门亲。事情已到九成九，忽然出了岔子。本家叔祖母用的一个寡妇老妈子熟悉这家子的事，不知怎么教母亲打听着了。叫她来问,她的话遮遮掩掩的。到底问出来了,原来那小姑娘是抱来的,可是她一家很宠她,和亲生的一样。母亲心冷了。过了两年,听说她已生了痨病,吸上鸦片烟了。母亲说,幸亏当时没有定下来。我已懂得一些事了,也这么想着。

光复那年,父亲生伤寒病,请了许多医生看。最后请着一位武先生,那便是我后来的岳父。有一天,常去请医生的听差回来说,医生家有位小姐。父亲既然病着,母亲自然更该担心我的事。一听这话,便追问下去。听差原只顺口谈天,也说不出个所以然。母亲便在医生来时,教人问他轿夫,那位小姐是不是他家的。轿夫说是的。母亲便和父亲商量,托舅舅问医生的意思。那天我正在父亲病榻旁,听见他们的对话。舅舅问明了小姐还没有人家,便说,像×翁这样人家怎么样?医生说,很好呀。话到此为止,接着便是相亲;还是母亲那个亲信的老妈子去。这回报告不坏,说就是脚大些。事情这样定局,母亲教轿夫回去说,让小姐裹上点儿脚。妻嫁过来后,说相亲的时候早躲开了,看见的是另一个人。至于轿夫捎的信儿,却引起了一段小小风波。岳父对岳母说,早教你给她裹脚,你不信;瞧,人家怎末说来着!岳母说,偏偏不裹,看他家怎么样!可是到底采取了折衷的办法,直到妻嫁过来的时候。

1934 年 3 月作

说扬州

在第十期上看到曹聚仁先生的《闲话扬州》,比那本出名的书有味多了。不过那本书将扬州说得太坏,曹先生又未免说得太好;也不是说得太好,他没有去过那里,所说的只是从诗赋中、历史上得来的印象。这些自然也是扬州的一面,不过已然过去,现在的扬州却不能再给我们那种美梦。

自己从七岁到扬州,一住十三年,才出来念书。

家里是客籍，父亲又是在外省当差事的时候多，所以与当地贤豪长者并无来往。他们的雅事，如访胜、吟诗、赌酒、书画名家、烹调佳味，我那时全没有份，也全不在行。因此虽住了那么多年，并不能做扬州通，是很遗憾的。记得的只是光复的时候，父亲正病着，让一个高等流氓凭了军政府的名字，敲了一竹杠；还有，在中学的几年里，眼见所谓"甩子团"横行无忌。"甩子"是扬州方言，有时候指那些"怯"的人，有时候指那些满不在乎的人。"甩子团"不用说是后一类；他们多数是绅宦家子弟，仗着家里或者"帮"里的势力，在各公共场所闹标劲，如看戏不买票、起哄等，也有包揽词讼、调戏妇女的。更可怪的，大乡绅的仆人可以指挥警察区区长，可以大模大样招摇过市——这都是民国五六年的事，并非前清君主专制时代。自己当时血气方刚，看了一肚子气；可是人微言轻，也只好让那口气憋着罢了。

从前扬州是个大地方，如曹先生那文所说；现在盐务不行了，简直就算个没"落儿"的小城。

可是一般人还忘其所以地要气派，自以为美，几乎不知天多高地多厚。这真是所谓"夜郎自大"了。扬州人有"扬虚子"的名字；这个"虚子"有两种意思，一是大惊小怪，二是以少报多，总而言之，不离乎虚张声势的毛病。他们还有个"扬盘"的名字，譬如东西买贵了，人家可以笑话你是"扬盘"；又如店家价钱要的太贵，你可以诘问他，"把我当扬盘看么？"盘是捧出来给别人看的，正好形容耍气派的扬州人。又有所谓"商派"，讥笑那些仿效盐商的奢侈生活的人，那更是气派中之气派了。但是这里只就一般情形说，刻苦诚笃的君子自然也有；我所敬爱的朋友中，便不缺乏扬州人。

提起扬州这地名，许多人想到的是出女人的地方。但是我长到那么大，从来不曾在街上见过一个出色的女人，也许那时女人还少出街吧？不过从前人所谓"出女人"，实在指姨太太与妓女而言；那个"出"字就和出羊毛，出苹果的"出"字一样。《陶庵梦忆》里有"扬州瘦马"一节，就记的这类事；但是我毫无所知。不过纳妾与狎妓的风气渐渐衰了,"出女人"那句话怕迟早会失掉意义的吧。

另有许多人想,扬州是吃得好的地方。这个保你没错儿。北平寻常提到江苏菜,总想着是甜甜的、腻腻的。现在有了淮扬菜,才知道江苏菜也有不甜的;但还以为油重,和山东菜的清淡不同。其实真正油重的是镇江菜,上桌子常教你腻得无可奈何。扬州菜若是让盐商家的厨子做起来,虽不到山东菜的清淡,却也滋润、利落,决不腻嘴腻舌。不但味道鲜美,颜色也清丽悦目。扬州又以面馆著名。好在汤味醇美,是所谓白汤,由种种出汤的东西如鸡、鸭、鱼、肉等熬成,好在它的厚,和啖熊掌一般。也有清汤,就是一味鸡汤,倒并不出奇。内行的人吃面要"大煮";普通将面挑在碗里,浇上汤,"大煮"是将面在汤里煮一会,更能入味些。

扬州最著名的是茶馆;早上去下午去都是满满的。吃的花样最多。坐定了沏上茶,便有卖零碎的来兜揽,手臂上挽着一个黯病的柳条筐,筐子里摆满了一些小蒲包分放着瓜子花生炒盐豆之类。又有炒白果的，在担子上铁锅爆着白果，一片铲子的声音。得先告诉他，才给你炒。炒得壳子爆了，露出黄亮的仁儿，铲在铁丝罩里送过来，又热又香。还有卖五香牛肉的，让他抓一些，摊在干荷叶上；叫茶房拿点好麻酱油来，拌上慢慢地吃，也可向卖零碎的买些白酒——扬州普通都喝白酒——喝着。这才叫茶房烫干丝。北平现在吃干丝，都是所谓煮干丝；那是很浓的，当菜很好，当点心却未必合式。烫干丝先将一大块方的白豆腐干飞快地切成薄片，再切为细丝，放在小碗里，用开水一浇，干丝便熟了；逼去了水，抟成圆锥似的，再倒上麻酱油，搁一撮虾米和干笋丝在尖儿，就成。说时迟，那时快，刚瞧着在切豆腐干，一眨眼已端来了。烫干丝就是清得好，不妨碍你吃别的。接着该要小笼点心。北平淮扬馆子出卖的汤包，诚哉是好，在扬州却少见；那实在是淮阴的名字，扬州不该掠美。扬州的小笼点心，肉馅儿的，蟹肉馅儿的、笋肉馅儿的且不用说，最可口的是菜包子、菜烧卖，还有干菜包子。菜选那最嫩的，剁成泥，加一点儿糖一点儿油，蒸得白生生的、热腾腾的，到口轻松地化去，留下一丝儿余味。干菜也是切碎，也是加一点儿糖和油，燥湿恰到好处；细细地咬嚼，可以嚼出一点橄榄般的回味来。这么着每样吃点儿也并不太多。要是有饭局，还尽可以从容地去。但是要老资格的茶客才能这样有分寸；偶尔上一回茶馆的本地人外地人，却总忍不住狼吞虎咽，到了儿捧着肚子走出。

扬州游览以水为主，以船为主，已另有文记过，此处从略。城里城外古迹很多，如"文选楼""天保城""雷塘""二十四桥"等，却很少人留意；大家常去的只是史可法的"梅花岭"罢了。倘若有相当的假期，邀上两三个人去寻幽访古倒有意思；自然，得带点儿花生米、五香牛肉、白酒。

1934 年 10 月 14 日作

南 京

南京是值得留连的地方,虽然我只是来来去去,而且又都在夏天。也想夸说夸说,可惜知道的太少;现在所写的,只是一个旅行人的印象罢了。

逛南京像逛古董铺子,到处都有些时代侵蚀的遗痕。你可以摩挲、可以凭吊、可以悠然遐想,想到六朝的兴废、王谢的风流、秦淮的艳迹。这些也许只是老调子,不过经过自家一番体贴,便不同了。所以我劝你上鸡鸣寺去,最好选一个微雨天或月夜。在朦胧里,才酝酿着那一缕幽幽的古味。你坐在一排明窗的豁蒙楼上,吃一碗茶,看面前苍然蜿蜒着的台城。台城外明净荒寒的玄武湖,就像大涤子的画。豁蒙楼一排窗子安排得最有心思,让你看的一点不多,一点不少。寺后有一口灌园的井,可不是那陈后主和张丽华躲在一堆儿的"胭脂井"。那口胭脂井不在路边,得破费点工夫寻觅。井栏也不在井上;要看,得老远地上明故宫遗址的古物保存所去。

从寺后的园地,拣着路上台城;没有垛子,真像平台一样。踏在茸茸的草上,说不出的静。夏天白昼有成群的黑蝴蝶,在微风里飞;这些黑蝴蝶上下旋转地飞,远看像一根粗的圆柱子。城上可以望南京的每一角。这时候若有个熟悉历代形势的人,给你指点,隋兵是从这角进来的,湘军是从那角进来的,你可以想象异样装束的队伍,打着异样的旗帜,拿着异样的武器,汹汹涌涌地进来,远远仿佛还有哭喊之声。假如你记得一些金陵怀古的诗词,趁这时候暗诵几回,也可印证印证，许更能领略作者当日的情思。

　　从前可以从台城爬出去，在玄武湖边；若是月夜，两三个人，两三个零落的影子，歪歪斜斜地挪移下去，够多好。现在可不成了，得出寺，下山，绕着大弯儿出城。七八年前，湖里几乎长满了苇子，一味地荒寒，虽有好月光，也不大能照到水上；船又窄，又小，又漏，教人逛着愁着。这几年大不同了，一出城，看见湖，就有烟水苍茫之意；船也大多了，有藤椅子可以躺着。水中岸上都光光的；亏得湖里有五个洲子点缀着，不然便一览无余了。这里的水是白的，又有波澜，俨然长江大河的气势，与西湖的静绿不同，最宜于看月，一片空蒙，无边无界。若在微醺之后，迎着小风，似睡非睡地躺在藤椅上，听着船底汩汩的波响与不知何方来的箫声，真会教你忘却身在哪里。五个洲子似乎都局促无可看，但长堤宛转相通，却值得走走。湖上的樱桃最出名。据说樱桃熟时，游人在树下现买、现摘、现吃，谈着笑着，多热闹的。

　　清凉山在一个角落里，似乎人迹不多。扫叶楼的安排与豁蒙楼相仿佛,但窗外的景象不同。这里是滴绿的山环抱着,山下一片滴绿的树;那绿色真是扑到人眉宇上来。若许我再用画来比,这怕像王石谷的手笔了。在豁蒙楼上不容易坐得久,你至少要上台城去看看。在扫叶楼上却不想走;窗外的光景好像满为这座楼而设,一上楼便什么都有了。夏天去确有一股"清凉"味。这里与豁蒙楼全有素面吃,又可口,又贱。

莫愁湖在华严庵里。湖不大,又不能泛舟,夏天却有荷花荷叶,临湖一带屋子,凭栏眺望,也颇有远情。莫愁小像在胜棋楼下,不知谁画的,大约不很古吧;但脸子开得秀逸之至,衣褶也柔活之至,大有"挥袖凌虚翔"的意思;若让我题,我将毫不踌躇地写上"仙乎仙乎"四字。另有石刻的画像,也在这里,想来许是那一幅画所从出;但生气反而差得多。这里虽也临湖,因为屋子深,显得阴暗些;可是古色古香,阴暗得好。诗文联语当然多,只记得王湘绮的半联云:"莫轻他北地胭脂,看艇子初来,江南儿女无颜色。"

气概很不错。所谓胜棋楼，相传是明太祖与徐达下棋，徐达胜了，太祖便赐给他这一所屋子。太祖那样人，居然也会做出这种雅事来了。左手临湖的小阁却敞亮得多，也敞亮得好。有曾国藩画像，忘记是谁横题着"江天小阁坐人豪"一句。我喜欢这个题句，"江天"与"坐人豪"，景象阔大，使得这屋子更加开朗起来。

秦淮河我已另有记。但那文里所说的情形，现在已大变了。从前读《桃花扇》《板桥杂记》一类书，颇有沧桑之感；现在想到自己十多年前身历的情形，怕也会有沧桑之感了。前年看见夫子庙前旧日的画舫，那样狼狈的样子，又在老万全酒栈看秦淮河水，差不多全黑了，加上巴掌大，透不出气的所谓秦淮小公园，简直有些厌恶，再别提做什么梦了。贡院原也在秦淮河上，现在早拆得只剩一点儿了。民国五年父亲带我去看过，已经荒凉不堪，号舍里草都长满了。父亲曾经办过江南闱差，熟悉考场的情形，说来头头是道。他说考生入场时，都有送场的，人很多，门口闹嚷嚷的。天不亮就点名，搜夹带。大家都归号。似乎直到晚上，头场题才出来，写在灯牌上，由号军扛着在各号里走。所谓"号"，就是一条狭长的胡同，两旁排列着号舍，口儿上写着什么天字号，地字号等的。每一号舍之大，恰好容一个人坐着；从前人说是像轿子，真不错。几天里吃饭、睡觉、做文章，都在这轿子里；坐的伏的各有一块硬板，如是而已。官号稍好一些，是给达官贵人的子弟预备的，但得补褂朝珠地入场，那时是夏秋之交，天还热，也够受的。父亲又说，乡试时场外有兵巡逻，防备通关节。场内也竖起黑幡，叫鬼魂们有冤报冤，有仇报仇；我听到这里，有点毛骨悚然。现在贡院已变成碎石路；在路上走的人，怕很少想起这些事情的了吧？

明故宫只是一片瓦砾场，在斜阳里看，只感到李太白《忆秦娥》的"西风残照，汉家陵阙"二语的妙。午门还残存着，遥遥直对洪武门的城楼，有万千气象。古物保存所便在这里，可惜规模太小，陈列得也无甚次序。明孝陵道上的石人石马，虽然残缺零乱，还可见泱泱大风；享殿并不巍峨，只陵下的隧道阴森袭人，夏天在里面待着,凉风沁人肌骨。这陵大概是开国时草创的规模,所以简朴得很;比起长陵,差得真太远了。然而简朴得好。

雨花台的石子,人人皆知;但现在怕也捡不着什么了。那地方毫无可看。记得刘后村的诗云:"昔年讲师何处在,高台犹以'雨花'名。有时宝向泥寻得,一片山无草敢生。"我所感的至多也只如此。还有,前些年南京枪决囚人都在雨花台下,所以洋车夫遇见别的车夫和他争先时,常说,"忙什么!赶雨花台去!"这和从前北京车夫说"赶菜市口儿"一样。现在时移势异,这种话渐渐听不见了。

燕子矶在长江里看,一片绝壁,危亭翼然,的确惊心动魄。但到了上边,逼窄污秽,毫无可以盘桓之处。燕山十二洞,去过三个。只三台洞层层折折,由幽入明,别有匠心,可是也年久失修了。

南京的新名胜,不用说,首推中山陵。中山陵全用青白两色,以象征青天白日,与帝王陵寝用红墙黄瓦的不同。假如红墙黄瓦有富贵气,那青琉璃瓦的享场内也竖起黑幡,叫鬼魂们有冤报冤,有仇报仇;我听到这里,有点毛骨悚然。

考生进入科场的前一晚,主考身穿官服宣告四方,请鬼神进场。用红色旗子招来神明,用蓝色旗子招来祖先,用黑色旗子招来冤鬼。三色旗子插在科场高处,差役们高喊:"有冤的报冤,有仇的报仇。"(清闲斋氏《夜谭随录》)

堂、青琉璃瓦的碑亭却有名贵气。从陵门上享堂，白石台阶不知多少级，但爬得够累的；然而你远看，决想不到会有这么多的台阶儿。这是设计的妙处。德国波慈达姆无愁宫前的石阶，也同此妙。享堂进去也不小；可是远处看，简直小得可以，和那白石的飞阶不相称，一点儿压不住，仿佛高个儿戴着小尖帽。近处山角里一座阵亡将士纪念塔，粗粗的，矮矮的，正当着一个青青的小山峰，让两边儿的山紧紧抱着，静极，稳极——谭墓没去过，听说颇有点丘壑。中央运动场也在中山陵近处，全仿外洋的样子。全国运动会时，也不知有多少照相与描写登在报上；现在是时髦的游泳的地方。

若要看旧书，可以上江苏省立图书馆去。这在汉西门龙蟠里，也是一个角落里。这原是江南图书馆，以丁丙的善本书室藏书为底子；词曲的书特别多。此外中央大学图书馆近年来也颇有不少书。中央大学是个散步的好地方。宽大，干净，有树木；黄昏时去兜一个或大或小的圈儿，最有意思。后面有个梅庵，是那会写字的清道人的遗迹。这里只是随宜地用树枝搭成的小小的屋子。庵前有一株六朝松，但据说实在是六朝桧；桧荫遮住了小院子，真是不染一尘。

南京茶馆里干丝很为人所称道。但这些人必没有到过镇江、扬州，那儿的干丝比南京细得多，又从来不那么甜。我倒是觉得芝麻烧饼好，一种长圆的，刚出炉，既香且酥，又白，大概各茶馆都有。咸板鸭才是南京的名产，要热吃，也是香得好；肉要肥要厚，才有咬嚼。但南京人都说盐水鸭更好，大约取其嫩、其鲜；那是冷吃的，我可不知怎样，老觉得不大得劲儿。

1934 年 8 月 12 日作

潭柘寺·戒坛寺

早就知道潭柘寺、戒坛寺。在商务印书馆的《北平指南》上，见过潭柘的铜图，小小的一块，模模糊糊的，看了一点没有想去的意思。后来不断地听人说起这两座庙；有时候说路上不平静，有时候说路上红叶好。说红叶好的劝我秋天去；但也有人劝我夏天去。有一回骑驴上八大处，赶驴的问逛过潭柘没有，我说没有。他说潭柘风景好，那儿满是老道，他去过，离八大处七八十里地，坐轿骑驴都成。我不大喜欢老道的装束，尤其是那满蓄着的长头发，看上去啰里啰唆、龌里龌龊的。更不想骑驴走七八十里地，因为我知道驴子与我都受不了。真打动我的倒是"潭柘寺"这个名字。不懂不是？就是不懂的妙。躲懒的人念成"潭柘"，那更莫名其妙了。这怕是中国文法的花样；要是来个欧化，说是"潭和柘的寺"，那就用不着咬嚼或吟味了。还有在一部诗话里看见近人咏戒台松的七古，诗腾挪夭矫，想来松也如此。所以去。但是在夏秋之前的春天，而且是早春；北平的早春是没有花的。

这才认真打听去过的人。有的说住潭柘好，有的说住戒坛好。有的人说路太难走，走到了筋疲力尽，再没兴致玩儿；有人说走路有意思。又有人说，去时坐了轿子，半路上前后两个轿夫吵起来，把轿子搁下，直说不抬了。于是心中暗自决定，不坐轿，也不走路；取中道，骑驴子。又按普通说法，总是潭柘寺在前，戒坛寺在后，想着戒坛寺一定远些；于是决定住潭柘，因为一天回不来，必得住。门头沟下车时，想着人多，怕雇不着许多驴,但是并不然——雇驴的时候,才知道戒坛去便宜一半,那就是说近一半。这时候自己忽然逗起能来,要走路。走吧。

这一段路可够瞧的。像是河床,怎么也挑不出没有石子的地方,脚底下老是绊来绊去的,教人心烦。又没有树木,甚至于没有一根草。这一带原是煤窑,拉煤的大车往来不绝,尘土里饱和着煤屑,变成黯淡的深灰色,教人看了透不出气来。走一点钟光景,自己觉得已经有点办不了,怕没有走到便筋疲力尽;幸而山上下来一条驴,如获至宝似地雇下,骑上去。这一天东风特别大。平常骑驴就不稳,风一大真是祸不单行。山上东西都有路,很窄,下面是斜坡;本来从西边走,驴夫看风势太猛,将驴拉上东路。就这么着,有一回还几乎让风将驴吹倒;若走西边,没有准儿会驴我同归哪。想起从前人画风雪骑驴图,极是雅事;大概那不是上潭柘寺去的。驴背上照例该有些诗意,但是我,下有驴子,上有帽子眼镜,都要照管;又有迎风下泪的毛病,常要掏手巾擦干。当其时真恨不得生出第三只手来才好。

东边山峰渐起,风是过不来了;可是驴也骑不得了,说是坎儿多。坎儿可真多。这时候精神倒好起来了:崎岖的路正可以练腰脚,处处要眼到、心到、脚到,不像平地上。人多更有点儿竞赛的心理,总想走上最前头去,再则这儿的山势虽然说不上险,可是突兀、丑怪、巉刻的地方有的是。我们说这才有点儿山的意思;老像八大处那样,真教人气闷闷的。于是一直走到潭柘寺后门;这段坎儿路比风里走过的长一半,小驴毫无用处,驴夫说:"咳,这不过给您做个伴儿!"

墙外先看见竹子,且不想进去。又密,又粗,虽然不够绿。北平看竹子,真不易。又想到八大处了,大悲庵殿前那一溜儿,薄得可怜,细得也可怜,比起这儿,真是小巫见大巫了。进去过一道角门,门旁突然亭亭地矗立着两竿粗竹子,在墙上紧紧地挨着;要用批文章的成语,这两竿竹子足称得起"天外飞来之笔"。

正殿屋角上两座琉璃瓦的鸱吻,在台阶下看,值得徘徊一下。神话说殿基本是青龙潭，一夕风雨，顿成平地，涌出两鸱吻。只可惜现在的两座太新鲜，与神话的朦胧幽秘的境界不相称。但是还值得看，为的是大得好，在太阳里嫩黄得好，闪亮得好；那拴着的四条黄铜链子，也映衬得好。寺里殿很多，层层折折高上去，走起来已经不平凡，每殿大小又不一样，塑像摆设也各出心裁。看完了，还觉得无穷无尽似的。正殿下延清阁是待客的地方，远处群山像屏障似的。屋子结构甚巧，穿来穿去，不知有多少间，好像一所大宅子。可惜尘封不扫，我们住不着。话说回来，这种屋子原也不是预备给我们这么多人挤着住的。寺门前一道深沟，上有石桥；那时没有水，若是现在去，倚在桥上听潺潺的水声，倒也可以忘我忘世。过桥四株马尾松，枝枝覆盖，叶叶交通，另成一个境界。西边小山上有个古观音洞。洞无可看，但上去时在山坡上看潭柘的侧面，宛如仇十洲的《仙山楼阁图》；往下看是陡峭的沟岸，越显得深深无极，潭柘简直有海上蓬莱的意味了。寺以泉水著名，到处有石槽引水长流,倒也涓涓可爱。只是流觞亭雅得那样俗,在石地上楞刻着蚯蚓般的槽;那样流觞,怕只有孩子们愿意干。现在兰亭的"流觞曲水"也和这儿的一鼻孔出气,不过规模大些。晚上因为带的铺盖薄,冻得睁着眼,却听了一夜的泉声;心里想要不冻着,这泉声够多清雅啊!寺里并无一个老道,但那几个和尚,满身铜臭、满眼势利,教人老不能忘记,倒也麻烦的。

第二天清早,二十多人满雇了牲口,向戒坛而去,颇有浩浩荡荡之势。我的是一匹骡子,据说稳得多。这是第一回,高高兴兴骑上去。这一路要翻罗睺岭。只是土山,可是道儿窄,又曲折,虽不高,老那么凸凸凹凹的。许多处只容得一匹牲口过去。平心说,是险点儿。想起古来用兵,从间道袭敌人,许也是这种光景吧。

戒坛在半山上,山门是向东的。一进去就觉得平旷;南面只有一道低低的砖栏,下边是一片平原,平原尽处才是山,与众山屏蔽的潭柘气象便不同。进二门,更觉得空阔疏朗,仰看正殿前的平台,仿佛汪洋千顷。这平台东西很长,是戒坛最胜处,眼界最宽,教人想起"振衣千仞冈"的诗句。三株名松都在这里。"卧龙松"与"抱塔松"同是偃仆的姿势,身躯奇伟,鳞甲苍然,有飞动之意。"九龙松"老干槎枒,如张牙舞爪一般。若在月光底下,森森然的松影当更有可看。此地最宜低徊流连,不是匆匆一览所可领略。潭柘以层折胜,戒坛以开朗胜;但潭柘似乎更幽静些。戒坛的和尚,春风满面,却远胜于潭柘的;我们之中颇有悔不该住在潭柘的。戒坛后山上也有个观音洞。洞宽大而深,大家点了火把嚷嚷闹闹地下去;半里光景的洞满是油烟,满是声音。洞里有石虎、石龟、上天梯、海眼等,无非是凑凑人的热闹而已。

还是骑骡子。回到长辛店的时候,两条腿几乎不是我的了。

1934 年 8 月 3 日作

威尼斯

威尼斯（Venice）是一个别致地方。出了火车站，你立刻便会觉得：这里没有汽车，要到哪儿，不是搭小火轮，便是雇"刚朵拉（Gondola）"。大运河穿过威尼斯像反写的 S；这就是大街。另有小河道四百一十八条，这些就是小胡同。轮船像公共汽车，在大街上走；"刚朵拉"是一种摇橹的小船，威尼斯所特有，它哪儿都去。威尼斯并非没有桥；三百七十八座，有的是。只要不怕转弯抹角，哪儿都走得到，用不着下河去。可是轮船中人还是很多，"刚朵拉"的买卖也似乎并不坏。

威尼斯是"海中的城"，在意大利半岛的东北角上，是一群小岛，外面一道沙堤隔开亚得利亚海。在圣马克广场的钟楼上看，团花簇锦似的东一块、西一块在绿波里荡漾着。远处是水天相接，一片茫茫。这里没有什么煤烟，天空干干净净；在温和的日光中，一切都像透明的。中国人到此，仿佛在江南的水乡；夏初从欧洲北部来的，在这儿还可看见清清楚楚的春天的背影。海水那么绿，那么酽，会带你到梦中去。

威尼斯不单是明媚，在圣马克广场走走就知道。这个广场南面临着一道运河；场中偏东南便是那可以望远的钟楼。威尼斯最热闹的地方是这儿，最华妙庄严的地方也是这儿。除了西边，围着的都是三百年以上的建筑，东边居中是圣马克堂，却有了八九百年——钟楼便在它的右首。再向右是"新衙门"；教堂左首是"老衙门"。这两溜儿楼房的下一层，现在满开了铺子。

铺子前面是长廊，一天到晚是来来去去的人。紧接着教堂，直伸向运河去的是公爷府；这个一半属于小广场，另一半便属于运河了。

圣马克堂是广场的主人，建筑在十一世纪，原是拜占庭式，以直线为主。十四世纪加上哥特式的装饰，如尖拱门等；十七世纪又参入文艺复兴期的装饰，如栏杆等。所以庄严华妙，兼而有之；这正是威尼斯人的漂亮劲儿。教堂里屋顶与墙壁上满是碎玻璃嵌成的画，大概是真金色的地，蓝色和红色的圣灵像。这些像做得非常肃穆。教堂的地是用大理石铺的，颜色花样种种不同。在那种空阔阴暗的氛围中，你觉得伟丽，也觉得森严。教堂左右那两溜儿楼房，式样各别，并不对称；钟楼高三百二十二英尺，也偏在一边儿。但这两溜儿房子都是三层，都有许多拱门，恰与教堂的门面与圆顶相称；又都是白石造成，越衬出教堂的金碧辉煌来。教堂右边是向运河去的路，是一个小广场，本来显得空阔些，钟楼恰好填了这个空子。好像我们戏里大将出场，后面一杆旗子总是偏着取势；这广场中的建筑,节奏其实是和谐不过的。十八世纪意大利卡那来陀(Canaletto)一派画家专画威尼斯的建筑,取材于这广场的很多。德国德莱司敦画院中有几张,真好。

公爷府里有好些名人的壁画和屋顶画,丁陶来陀(Tindtoretto,十六世纪)的大画《乐园》最著名;但更重要的是它建筑的价值。运河上有了这所房子,增加了不少颜色。这全然是哥特式;动工在九世纪初,以后屡次遭火,屡次重修,现在的据说还是原来的式样。最好看的是它的西南两面;西面斜对着圣马克广场,南面正在运河上。在运河里看,真像在画中。它也是三层:下两层是尖拱门,一眼看去,无数的柱子。最下层的拱门简单疏阔,是载重的样子;上一层便繁密得多,为装饰之用;最上层却更简单,一根柱子没有,除了疏疏落落的窗和门之外,都是整块的墙面。墙面上用白的与玫瑰红的大理石砌成素朴的方纹,在日光里鲜明得像少女一般。威尼斯人真不愧着色的能手。这所房子从运河中看,好像在水里。下两层是玲珑的架子，上一层才是屋子；这是很巧的结构，加上那艳而雅的颜色，令人有惝恍迷离之感。府后有太息桥；从前一边是监狱，一边是法院，狱囚提讯须过这里，所以得名。拜伦诗中曾咏此，因而便脍炙人口起来，其实也只是近世的东西。

威尼斯的夜曲是很著名的。夜曲本是一种抒情的曲子，夜晚在人家窗下随便唱。可是运河里也有：晚上在圣马克广场的河边上，看见河中有红绿的纸球灯，便是唱夜曲的船。雇了"刚朵拉"摇过去，靠着那个船停下，船在水中间，两边挨次排着"刚朵拉"，在微波里荡着，像是两只翅膀。唱曲的有男有女，围着一张桌子坐，轮到了便站起来唱，旁边有音乐和着。曲词自然是意大利语，意大利的语音据说最纯粹、最清朗。听起来似乎的确斩截些，女人的尤其如此——意大利的歌女是出名的。音乐节奏繁密、声情热烈，想来是最流行的"爵士乐"。在微微摇摆的红绿灯球底下，颤着酽酽的歌喉，运河上一片朦胧的夜也似乎透出玫瑰红的样子。唱完几曲之后，船上有人跨过来，反拿着帽子收钱,多少随意。不愿意听了,还可摇到第二处去。这个略略像当年的秦淮河的光景,但秦淮河却热闹得多。

从圣马克广场向西北去,有两个教堂在艺术上是很重要的。一个是圣罗珂堂,旁边有一所屋子,墙上屋顶上满是画;楼上下大小三间屋,共六十二幅画,是丁陶来陀的手笔。屋里暗极,只有早晨看得清楚。丁陶来陀作画时,因地制宜,大部分只粗粗勾勒,利用阴影,教人看了觉得是几经琢磨似的。《十字架》一幅在楼上小屋内,力量最雄厚。佛拉利堂在圣罗珂近旁,有大画家铁沁(Titian,十六世纪)和近代雕刻家卡奴洼(Canova)的纪念碑。卡奴洼的灵巧,是自己打的样子;铁沁的宏壮,是十九世纪中叶才完成的。他的《圣处女升天图》挂在神坛后面,那朱红与亮蓝两种颜色鲜明极了,全幅气韵流动,如风行水上。倍里尼(Giovanni Bellini,十五世纪)的《圣母像》,也是他的精品。他们都还有别的画在这个教堂里。

从圣马克广场沿河直向东去,有一处公园;从一八九五年起，每两年在此地开国际艺术展览会一次。今年是第十八届；加入展览的有意、荷、比、西、丹、法、英、奥、苏俄、美、匈、瑞士、波兰等十三国，意大利的东西自然最多，种类繁极了；未来派、立体派的图画雕刻，都可见到，还有别的许多新奇的作品，说不出路数。颜色大概鲜明，教人眼睛发亮；建筑也是新式，简截不啰嗦，痛快之至。苏俄的作品不多，大概是工农生活的表现，兼有沉毅和高兴的调子。他们也用鲜明的颜色，但显然没有很费心思在艺术上，作风老老实实，并不向牛犄角里寻找新奇的玩意儿。

威尼斯的玻璃器皿、刻花皮件，都是名产，以典丽风华胜，缂丝也不错。大理石小雕像，是著名大品的缩本，出于名手的还有味。

1932 年 7 月 13 日作

莱茵河

莱茵河（The Rhine）发源于瑞士阿尔卑斯山中，穿过德国东部，流入北海，长约二千五百里。分上中下三部分。从马恩斯（Mayence，Mains）到哥龙（Cologne）算是"中莱茵"；游莱茵河的都走这一段儿。天然风景并不异乎寻常地好；古迹可异乎寻常地多。尤其是马恩斯与考勃伦兹（Koblenz）之间，两岸山上布满了旧时的堡垒，高高下下的，错错落落的，斑斑驳驳的：有些已经残破，有些还完好无恙。这中间住过英雄，住过盗贼，或据险自豪，或纵横驰骤，也曾热闹过一番。现在却无精打采，任凭日晒风吹，一声儿不响。坐在轮船上两边看，那些古色古香、各种各样的堡垒历历地从眼前过去；仿佛自己已经跳出了这个时代，而在那些堡垒里过着无拘无束的日子。游这一段儿，火车却不如轮船：朝日不如残阳，晴天不如阴天，阴天不如月夜——月夜，再加上几点儿萤火，一闪一闪地在寻觅荒草里的幽灵似的。最好还得爬上山去，在堡垒内外徘徊徘徊。

这一带不但史迹多，传说也多。最凄艳的自然是脍炙人口的声闻岩头的仙女子。声闻岩在河东岸，高四百三十英尺，一大片暗淡的悬岩，嶙嶙峋峋的；河到岩南，向东拐个小弯，这里有顶大的回声，岩因此得名。相传往日岩头有个仙女美极，终日歌唱不绝。一个船夫傍晚行船，走过岩下。听见她的歌声，仰头一看，不觉忘其所以，连船带人都撞碎在岩上。后来又死了一位伯爵的儿子。这可闯下大祸来了。伯爵派兵遣将，给儿子报仇。他们打算捉住她，锁起来，从岩顶直摔下河里去。但是她不愿死在他们手里，她呼唤莱茵母亲来接她；河里果然白浪翻腾，她便跳到浪里。从此声闻岩下听不见歌声，看不见倩影，只剩晚霞在岩头明灭。德国大诗人海涅有诗咏此事；此事传播之广，这篇诗也有关系的。友人淦克超先生曾译第一章云：

传闻旧低徊，我心何悒悒。
两峰隐夕阳，莱茵流不息。
峰际一美人，粲然金发明，
清歌时一曲，余音响入云。
凝听复凝望，舟子忘所向，
怪石耿中流，人与舟俱丧。

这座岩现在是已穿了隧道通火车了。

哥龙在莱茵河西岸，是莱茵区最大的城，在全德国数第三。从甲板上看教堂的钟楼与尖塔这儿那儿都是的。虽然多么繁华一座商业城，却不大有俗尘扑到脸

上。英国诗人柯勒列治说：

> 人知莱茵河，洗净哥龙市；
> 水仙你告我，今有何神力——
> 洗净莱茵水？

那些楼与塔镇压着尘土，不让飞扬起来，与莱茵河的洗刷是异曲同工的。哥龙的大教堂是哥龙的荣耀；单凭这个，哥龙便不死了。这是哥特式，是世界上最宏大的哥特式教堂之一。建筑在一二四八年，到一八八〇年才全部落成。欧洲教堂往往如此，大约总是钱不够之故。教堂门墙伟丽，尖拱和直棱特意繁密，又雕了些小花、小动物和《圣经》人物，零星点缀着；近前细看，其精工真令人惊叹。门墙上两尖塔，高五百十五英尺，直入云霄。哥特式要的是高而灵巧，让灵魂容易上通于天。这也是月光里看好。淡蓝的天干干净净的，只有两条尖尖的影子映在上面；像是人天仅有的通路，又像是人类祈祷的一双胳膊。森严肃穆,不说一字,抵得千言万语。教堂里非常宽大,顶高一百六十英尺。大石柱一行行的,高的一百四十八英尺,低的也六十英尺,都可合抱;在里面走,就像在大森林里,和世界隔绝。尖塔可以上去,玲珑剔透,有凌云之势。塔下通回廊。廊中向下看教堂里,觉得别人小得可怜,自己高得可怪,真是颠倒梦想。

1933 年 3 月 14 日作

巴　黎

塞纳河穿过巴黎城中,像一道圆弧。河南称为左岸,著名的拉丁区就在这里。河北称为右岸,地方有左岸两个大,巴黎的繁华全在这一带;说巴黎是"花都",这一溜儿才真是的。右岸不是穷学生苦学生所能常去的,所以有一位中国朋友说他是左岸的人,抱"不过河"主义;区区一衣带水,却分开了两般人。但论到艺术,两岸可是各有胜场;我们不妨说整个儿巴黎是一座艺术城。从前人说"六朝"卖菜佣都有烟水气，巴黎人谁身上大概都长着一两根雅骨吧。你瞧公园里、大街上，有的是喷水，有的是雕像，博物院处处是，展览会常常开；他们几乎像呼吸空气一样呼吸着艺术气，自然而然就雅起来了。

右岸的中心是刚果广场。这广场很宽阔，四通八达，周围都是名胜。中间巍巍地矗立着埃及拉米塞司第二的纪功碑。碑是方锥形，高七十六英尺，上面刻着象形文字。一八三六年移到这里，转眼就是一百年了。左右各有一座铜喷水，大得很。水池边环列着些铜雕像，代表着法国各大城。其中有一座代表司太司堡。自从一八七〇年那地方割归德国以后，法国人每年七月十四国庆日总在像上放些花圈和大草叶，终年地搁着让人惊醒。直到一九一八年十一月和约告成，司太司堡重归法国，这才停止。纪功碑与喷水每星期六晚用弧光灯照耀。那碑像从幽暗中颖脱而出；那水像山上崩腾下来的雪。这场子原是法国革命时候断头台的旧址。在"恐怖时代"，路易十六与王后，还有各党各派的人轮班在这儿低头受戮。但现在一点痕迹也没有了。

场东是砖厂花园。也有一个喷水池；白石雕像成行，与一丛丛绿树掩映着。在这里徘徊，可以一直徘徊下去，四围那些纷纷的车马，简直若有若无。花园是所谓法国式，将花草分成一畦畦的，各各排成精巧的花纹，互相对称着。又整洁，又玲珑，教人看着赏心悦目；可是没有野情，也没有蓬勃之气，像北平的叭儿狗。这里春天游人最多，挤挤挨挨的。有时有音乐会，在绿树荫中。乐韵悠扬，随风飘到场中每一个人的耳朵里。再东是加罗塞广场，只隔着一道不宽的马路。路易十四时代，这是一个校场。场中有一座小凯旋门，是拿破仑造来纪胜的，仿罗马某一座门的式样。拿破仑叫将从威尼斯圣马克堂抢来的驷马铜像安在门顶上。但到了一八一四年，那铜像终于回了老家。法国只好换上一个新的，光彩自然差得多。

刚果广场西是大名鼎鼎的仙街，直达凯旋门。有四里半长。凯旋门地势高，从刚果广场望过去像没多远似的，一走可就知道。街的东半截儿，两旁简直是园子，春天绿叶子密密地遮着；西半截儿才真是街。街道非常宽敞。夹道两行树，笔直笔直地向凯旋门奔凑上去。凯旋门巍峨爽朗地盘踞在街尽头，好像在半天上。欧洲名都街道的形势，怕再没有赶上这儿的；称为"仙街"，不算说大话。街上有戏院、舞场、饭店，够游客们玩儿乐的。凯旋门一八〇六年开工，也是拿破仑造来纪功的。但他并没有看它的完成。门高一百六十英尺、宽一百六十四英尺，进深七十二英尺，是世界凯旋门中最大的。门上雕刻着一七九二至一八一五年间法国战事片段的景子，都出于名手。其中罗特（Francois Rude，十九世纪）的"出师"一景，慷慨激昂，至今还可以作我们的气。这座门更有一个特别的地方：在拿破仑周忌那一天，从仙街向上看，团团的落日恰好扣在门圈儿里。门圈儿底下是一个无名兵士的墓；他埋在这里，代表大战中死难的一百五十万法国兵。墓是平的，地上嵌着文字；中央有个纪念火，焰子粗粗的、红红的，在风里摇晃着。这个火每天由参战军人团团员来点。门顶可以上去，乘电梯或爬石梯都成；石梯是二百七十三级。

上面看，周围不下十二条林荫路，都辐辏到门下，宛然一个大车轮子。

刚果广场东北有四道大街衔接着，是巴黎最繁华的地方。大铺子差不多都在这一带，珠宝市也在这儿。各店家陈列窗里五花八门、五光十色，珍奇精巧，兼而有之；管保你走一天两天看不完，也看不倦。步道上人挨挨凑凑，常要躲闪着过去。电灯一亮，更不容易走。街上"咖啡"东一处西一处的，沿街安着座儿，有点儿像北平中山公园里的茶座儿。客人慢慢地喝着咖啡或别的，慢慢地抽烟，看来往的人。"咖啡"本是法国的玩意儿；巴黎差不多每道街都有，怕是比哪儿都多。巴黎人喝咖啡几乎成了癖，就像我国南方人爱上茶馆。"咖啡"里往往备有纸笔，许多人都在那儿写信；还有人让"咖啡"收信，简直当做自己的家。文人画家更爱坐"咖啡"；他们爱的是无拘无束，容易会朋友，高谈阔论。爱写信固然可以写信，爱做诗也可以做诗。大诗人魏尔仑（Verlalne）的诗，据说少有不在"咖啡"里写的。坐"咖啡"也有派别。一来"咖文人画家更爱坐"咖啡";他们爱的是无拘无束,容易会朋友,高谈阔论。

这是一个令人愉快的咖啡馆,干净、热情而且好客。我将我的破伞晾起来,将我的旧毡帽挂在长椅上方的挂衣钩上,点上一杯牛奶咖啡。服务生给我端来咖啡,我从我上衣的口袋里掏出我的本子、笔,然后就开始写作。(海明威在巴黎铃鼓咖啡馆)

在同一间咖啡馆,梵·高也曾经创作过名画《铃鼓咖啡馆的女人》。

啡"是熟的好，二来人是熟的好。久而久之，某派人坐某"咖啡"便成了自然之势。这所谓派，当然指文人艺术家而言。一个人独自去坐"咖啡"，偶尔一回，也许不是没有意思，常去却未免寂寞得慌；这也与我国南方人上茶馆一样。若是外国人而又不懂话，那就更可不必去。巴黎最大的"咖啡"有三个，却都在左岸。这三座"咖啡"名字里都含着"圆圆的"意思，都是文人艺术家荟萃的地方。里面装饰满是新派。其中一家，电灯壁画满是立体派，据说这些画全出于名家之手。另一家据说时常陈列着当代画家的作品，待善价而沽之。坐"咖啡"之外还有站"咖啡"，却有点像我国南方的喝柜台酒。这种"咖啡"大概小些。柜台长长的，客人围着要吃的、喝的。吃喝都便宜些，为的是不用多伺候你，你吃喝也比较不舒服些。站"咖啡"的人脸向里，没有甚么看的，大概吃喝完了就走。但也有人用胳膊肘儿斜靠在柜台上，半边身子偏向外，写意地眺望、谈天儿。巴黎人吃早点，多半在"咖啡"里。普通是一杯咖啡，两三个月牙饼就够了，不像英国人吃得那么多。月牙饼是一种面包,月牙形,酥而软,趁热吃最香;法国人本会烘面包,这一种不但好吃,而且好看。

卢森堡花园也在左岸,因卢森堡宫而得名。宫建于十七世纪初年,曾用作监狱,现在是上议院。花园甚大。里面有两座大喷水,背对背紧挨着。其一是梅迭契喷水,雕刻的是亚西司(Acis)与加拉台亚(Galatea)的故事。巨人波力非摩司(Polyphamos)爱加拉台亚。他晓得她喜欢亚西司,便向他头上扔下一块大石头,将他打死。加拉台亚无法使亚西司复活,只将他变成一道河水。这个故事用在一座喷水上,倒有些远意。园中绿树成行、浓荫满地,白石雕像极多,也有铜的。巴黎的雕像真如家常便饭。花园南头,自成一局,是一条荫道。最南头,天文台前面又是一座喷水,中央四个力士高高地扛着四限仪,下边环绕着四对奔马,气象雄伟得很。这是卡波(Carpeaus,十九世纪)所作。卡波与罗特同为写实派,所作以形线柔美著。

沿着塞纳河南的河墙,一带旧书摊儿,六七里长,也是左岸特有的风光。有点像北平东安市场里旧书摊儿。可是背景太好了。河水终日悠悠地流着,两头一眼望不尽;左边卢佛宫,右边圣母堂,古香古色的。书摊儿黯黯的、低低的,窄窄的一溜;一小格儿一小格儿,或连或断,可没有东安市场里的大。摊上放着些破书;旁边小凳子上坐着掌柜的。到时候将摊儿盖上,锁上小铁锁就走。这些情形也活像东安市场。

　　铁塔在巴黎西头,塞纳河东岸,高约一千英尺,算是世界上最高的塔。工程艰难浩大,建筑师名爱非尔(Eiffel),也称为爱非尔塔。全塔用铁骨造成,如网状,空处多于实处,轻便灵巧,亭亭直上,颇有哥特式的余风。塔基占地十七亩,分三层。头层离地一百八十六英尺,二层三百七十七英尺,三层九百二十四英尺,连顶九百八十四英尺。头二层有"咖啡",酒馆及小摊儿等。电梯步梯都有,电梯分上下两厢,一厢载直上直下的客人,一厢载在头层停留的客人。最上层却非用电梯不可。那梯口常常拥挤不堪。壁上贴着"小心扒手"的标语,收票人等嘴里还不住地唱道，"小心呀！"这一段儿走得可慢极，大约也是"小心"吧。最上层只有卖纪念品的摊儿和一些问心机。这种问心机欧洲各游戏场中常见；是些小铁箱，一箱管一事。放一个钱进去，便可得到回答；回答若干条是印好的，指针所停止的地方就是专答你。也有用电话回答的。譬如你要问流年，便向流年箱内投进钱去。这实在是一种开心的玩意儿。这层还专设一信箱；寄的信上盖铁塔形邮戳，好让亲友们留作纪念。塔上最宜远望，全巴黎都在眼下。但尽是密匝匝的房子，只觉应接不暇而无苍茫之感。塔上满缀着电灯，晚上便是种种广告；在暗夜里这种明妆倒值得一番领略。隔河是特罗卡代罗（Trocadéro）大厦，有道桥笔直地通着。这所大厦是为一八七八年的博览会造的。中央圆形，圆窗圆顶，两支高高的尖塔分列顶侧；左右翼是新月形的长房。下面许多级台阶，阶下一个大喷水池，也是圆的。大厦前是公园，铁塔下也是的；一片空阔，一片绿。所以大厦远看近看都显出雄巍巍的。大厦的正厅可容五千人。它的大在横里；铁塔的

大在直里。一横一直，恰好称得住。

歌剧院在右岸的闹市中。门墙是威尼斯式，已经乌暗暗的，走近前细看，才见出上面精美的雕饰。下层一排七座门，门间都安着些小雕像。其中罗特的《舞群》，最有血有肉、有情有力。罗特是写实派作家，所以如此。但因为太生动了，当时有些人还见不惯；一八六九年这些雕像揭幕的时候，一个宗教狂的人，趁夜里悄悄地向这群像上倒了一瓶墨水。这件事传开了，然而罗特却因此成了一派。院里的楼梯以宏丽著名。全用大理石，又白、又滑、又宽；栏杆是低低儿的。加上罗马式圆拱门、一对对爱翁匿克式石柱、雕像上的电灯烛，真是堆花簇锦一般。那一片电灯光像海，又像月，照着你缓缓走上梯去。幕间休息的时候，大家都离开座儿各处走。这儿休息的时间特别长，法国人乐意趁这闲工夫在剧院里散散步、谈谈话，来一点儿吃的喝的。休息室里散步的人最多。这是一间顶长、顶高的大厅，华丽的灯光淡淡地布满了一屋子。一边是成排的落地长窗，一边是几座高大的门；墙上略略有些装饰，地下铺着毯子。屋里空落落的，客人穿梭般来往。太太小姐们大多穿着各色各样的晚服，露着脖子和膀子。"衣香鬓影"，这里才真够味儿。歌剧院是国家的，只演古典的歌剧，间或也演队舞（Ballet），总是堂皇富丽的玩艺儿。

国葬院在左岸。原是巴黎护城神圣也奈韦夫（St. Geneviéve）的教堂；大革命后，一般思想崇拜神圣不如崇拜伟人了，于是改为这个；后来又改回去两次，一八五五年才算定了。伏尔泰、卢梭、雨果、左拉，都葬在这里。院中很为宽宏，高大的圆拱门架着些圆顶，都是罗马式。顶上都有装饰的图案和画。中央的穹窿顶高二百七十二英尺，可以上去。院中壁上画着法国与巴黎的历史故事，名笔颇多。沙畹（Puvis de Chavannes，十九世纪）的便不少。其中《圣也奈韦夫俯视着巴黎城》一幅，正是月圆人静的深夜，圣女还独对着油盏火；她似乎有些倦了，慢慢踱出来。凭栏远望，全巴黎城在她保护之下安睡了；瞧她那慈祥和蔼一往情深的样子。圣也奈韦夫于五世纪初年，生在离巴黎二十四里的囊台儿村（Nanterre）里。幼时听圣也曼讲道，深为感悟。圣也曼也说她根器好，着实勉励了一番。后来她到巴黎，尽力于救济事业。五世纪中叶，匈奴将来侵巴黎，全城震惊。她力劝人民镇静、依赖神明，颇能教人相信。匈奴到底也没有成。以后巴黎真经兵乱，她于救济事业加倍努力。她活了九十岁。晚年倡议在巴黎给圣彼得与圣保罗修一座教堂。动工的第二年，她就死了。等教堂落成，却发见她已葬在里头；此外还有许多奇异的传说。因此，这座教堂只好作为奉祀她的了。这座教堂便是现在的国葬院，院的门墙是希腊式，三角楣下一排哥林斯式的石柱。院旁有圣爱的昂堂，不大。现在是圣也奈韦夫埋灰之所。祭坛前的石刻花屏极华美，是十六世纪的东西。

左岸还有伤兵养老院。其中兵甲馆，收藏废弃的武器及战利品。有一间满悬着三色旗，屋顶上正悬着，两壁上斜插着，一面挨一面的。屋子很长，一进去但觉千层百层鲜明的彩色，静静地交映着。院有穹窿顶，高三百四十英尺，直径八十六英尺，造于十七世纪中，优美庄严,胜于国葬院的。顶下原是一个教堂,拿破仑墓就在这里。堂外有宽大的台阶儿,有多力克式与哥林斯式石柱。进门最叫你舒服的是那屋里的光。那是从染色玻璃窗射下来的淡淡的金光,软得像一股水。堂中央一个窖,圆的,深二十英尺,直径三十六英尺,花岗石柩居中,十二座雕像环绕着,代表拿破仑重要的战功;像间分六列插着五十四面旗子,是他的战利品。堂正面是祭坛;周围许多龛堂,埋着王公贵人。一律圆拱门;地上嵌花纹,窖中也这样。拿破仑死在圣海仑岛,遗嘱愿望将骨灰安顿在塞纳河旁,他所深爱的法国人民中间。待他死后十九年,一八四○年,这愿望才达到了。

塞纳河里有两个小洲,小到不容易觉出。西头的叫城洲,洲上两所教堂是巴黎的名迹。洲东的圣母堂更为煊赫。堂成于十二世纪,中间经过许多变迁,到十九世纪中叶重修,才有现在的样子。这是"装饰的哥特式"建筑的最好的代表。正面朝西,分三层。下层三座尖拱门。这种门很深,门圈儿是一棱套着一棱的，越望里越小；棱间与门上雕着许多大像小像，都是《圣经》中的人物。中层是窗子，两边的尖拱形，分雕着亚当夏娃像；中央的浑圆形，雕着"圣处女"像。上层是栏杆。最上两座钟楼，各高二百二十七英尺；两楼间露出后面尖塔的尖儿，一个伶俐瘦劲的身影。这座塔是勒丢克（Viellet Le Duc，十九世纪）所造，比钟楼还高五十八英尺；但从正面看，像一般高似的，这正是建筑师的妙用。朝南还有一个旁门，雕饰也繁密得很。从背后看，左右两排支墙（Buttress）像一对对的翅膀，作飞起的势子。支墙上虽也有些装饰，却不为装饰而有。原来哥特式的房子高、窗子大，墙的力量支不住那些石头的拱顶，因此非从墙外想法不可。支墙便是这样来的。这是哥特式的致命伤；许多哥特式建筑容易记毁，正是为此。堂里满是彩绘的高玻璃窗子，阴森森的，只看见石柱子、尖拱门、肋骨似的屋顶。中间神堂，两边四排廊路，周围三十七间龛堂，像另自成个世界。堂中的讲坛与管风琴都是名手所作。歌队座与牧师座上的动植物木刻，也以精工著称。哥特式教堂里雕绘最繁；其中取材于教堂所在地的花果的尤多。所雕绘的大抵以近真为主。这种一半为装饰，一半也为教导，让那些不识字的人多知道些事物，作用和百科全书差不多。堂中有宝库，收藏历来珍贵的东西，如金龛，金十字架之类，灿烂耀眼。拿破仑于一八〇四年在这儿加冕，那时穿的长袍也陈列在这个库里。北钟楼许人上去，可以看见墙角上石刻的妖兽，奇丑怕人，俯视着下方，据说是吐溜水的。雨果写过《巴黎圣母院》一部小说，所叙是四百年前的情形，有些还和现在一样。

圣龛堂在洲西头，是全巴黎哥特式建筑中之最美丽者。罗斯金更说是"北欧洲最珍贵的一所哥特式"。在一二三八那一年，"圣路易"王听说君士坦丁皇帝包尔温将"棘冠"押给威尼斯商人，无力取赎，"棘冠"已归商人们所有，急得什么似的。他要将这件无价之宝收回，便异想天开地在犹太人身上加了一种"苛捐杂税"。过了一年，"棘冠"果然弄回来，还得了些别的小宝贝，如"真十字架"的片段等。他这一乐非同小可，命令某建筑师造一所教堂供奉这些宝物；要造得好，配得上。一二四五年起手，三年落成。名建筑家勒丢克说："这所教堂内容如此复杂，花样如此繁多，活儿如此利落，材料如此美丽，真想不出在那样短的时期里如何成功的。"这样两个龛堂，一上一下，都是金碧辉煌的。下堂尖拱重叠，纵横交互；中央拱抵而阔，所以地方并不大而极有开朗之势。堂中原供的"圣处女"像，传说灵迹甚多。上堂却高多了，有彩绘的玻璃窗子十五堵；窗下沿墙有龛，低得可怜相。柱上相间地安着十二使徒像；有两尊很古老，别的都是近世仿作。玻璃绘画似乎与哥特艺术分不开；十三世纪后者最盛，前者也最盛。画法用许多颜色玻璃拼合而成，相连处以铅焊之，再用铁条夹住。着色有浓淡之别。淡色所以使日光柔和缥缈。但浓色的多，大概用深蓝作底子，加上点儿黄白与宝石红，取其衬托鲜明。这种窗子也兼有装饰与教导的好处；所画或为几何图案，或为人物故事。还有一堵"玫瑰窗"，是象征"圣处女"的；画是圆形，花纹都从中心分出。据说这堵窗是玫瑰窗中最亲切有味的,因为它的温暖的颜色比别的更接近看的人。但这种感想东方人不会有。这龛堂有一座金色的尖塔,是勒丢克造的。

毛得林堂在刚果广场之东北,造于近代。形式仿希腊神庙,四面五十二根哥林斯式石柱,围成一个廊子。壁上左右各有一排大龛子,安着群圣的像。堂里也是一行行同式的石柱;却使用各种颜色的大理石,华丽悦目。圣心院在巴黎市外东北方,也是近代造的,至今还未完成,堂在一座小山的顶上,山脚下有两道飞阶直通上去。也通索子铁路。堂的规模极宏伟,有四个穹窿顶,一个大的,带三个小的,都是拜占庭式;另外一座方形高钟楼,里面的钟重二万九千斤。堂里能容八千人,但还没有加以装饰。房子是白色,台阶也是的,一种单纯的力量压得住人。堂高而大,巴黎周围若干里外便可看见。站在堂前的平场里,或爬上穹窿顶里,也可看个五六十里。造堂时工程浩大,单是打地基一项,就花掉约四百万元;因为土太松了,撑不住,根基要一直打到山脚下。所以有人半真半假地说，就是移了山，这教堂也不会倒的。

巴黎博物院之多，真可算甲于世界。就这一桩，便可教你流连忘返。但须徘徊玩索才有味，走马看花是不成的。一个行色匆匆的游客，在这种地方往往无可奈何。博物院以卢佛宫（Louvre）为最大；这是就全世界论，不单就巴黎论。卢佛宫在加罗塞广场之东；主要的建筑是口字形，南头向西伸出一长条儿。这里本是一座堡垒，后来改为王宫。大革命后，各处王宫里的画、宫苑里的雕刻，都保存在此；改为故宫博物院，自然是很顺当的。博物院成立后，历来的政府都尽力搜罗好东西放进去；拿破仑从各国"搬"来大宗的画，更为博物院生色不少。宫房占地极宽，站在那方院子里，颇有海阔天空的意味。院子里养着些鸽子，成群地孤单地仰着头、挺着胸在地上一步步地走，一点不怕人。撒些饼干、面包之类，它们便都向你身边来。房子造得秀雅而庄严，壁上安着许多王公的雕像。熟悉法国历史的人，到此一定会发思古之幽情的。

卢佛宫好像一座宝山，蕴藏的东西实在太多，教人不知从那儿说起好。画为最，还有雕刻、古物、装饰美术等，真是琳琅满目。乍进去的人一时摸不着头脑，往往弄得糊里糊涂。就中最脍炙人口的有三件。一是达·芬奇的《蒙娜丽莎》像，大约作于一五〇五年前后，是觉孔达（Joconda）夫人的画像。相传达·芬奇这幅像画了四个年头，因为要那甜美的微笑的样子，每回"临像"的时候，总请些乐人弹唱给她听，让她高高兴兴坐着。像画好了，他却爱上她了。这幅画是佛兰西司第一手里买的，他没有准儿许认识那女人。一九一一年画曾被人偷走，但两年之后，到底从意大利找回来了。十六世纪中叶，意大利已公认此画为不可有二的画像杰作，作者在与造化争巧。画的奇处就在那一丝儿微笑上。那微笑太飘忽了，太难捉摸了，好像常常在变幻。这果然是个"奇迹"，不过也只是造形的"奇迹"罢了。这儿也有些理想在内；达·芬奇笔下夹带了一些他心目中的圣母的神气。近世讨论那微笑的可太多了。诗人，哲学家，有的是；他们都想找出点儿意义来。于是蒙娜丽莎成为一个神秘的浪漫的人了；她那微笑成为"人狮

（Sphinx）的凝视"或"鄙薄的讽笑"了。这大概是她与达·芬奇都梦想不到的吧。

二是米罗（Milo）《爱神》像。一八二〇年米罗岛一个农人发现这座像，卖给法国政府只卖了五千块钱。据近代考古家研究，这座像当作于纪元前一百年左右。那两只胳膊都没有了；它们是怎么个安法，却大大费了一班考古家的心思。这座像不但有生动的形态，而且有温暖的骨肉。她又强壮，又清明；单纯而伟大，朴真而不奇。所谓清明，是身心都健的表象，与麻木不同。这种作风颇与纪元前五世纪希腊帕台农（Panthenon）庙的监造人、雕刻家费铁亚司（Phidias）相近。因此法国学者雷那西（S.Reinach，新近去世）在他的名著《亚波罗》《美术史》中相信这座像作于纪元前四世纪中。他并且相信这座像不是爱神微那司而是海女神安非特利特（Amphitrite）；因为它没有细腻、缥缈、娇羞、多情的样子。三是沙摩司雷司（Samothrace）的《胜利女神像》。女神站在冲波而进的船头上，吹着一支喇叭。但是现在头和手都没有了，剩下翅膀与身子。这座像是还愿的。纪元前三〇六年波立尔塞特司（Demetrius Poliorcetes）在塞勃勒司（Cyprus）岛打败了埃及大将陶来买（Ptolemy）的水师，便在沙摩司雷司岛造了这座像。衣裳雕得最好；那是一件薄薄的、软软的衣裳，光影的准确，衣褶的精细流动，加上那下半截儿被风吹得好像弗弗有声，上半截儿却紧紧地贴着身子，很有趣地对照着。因为衣裳雕得好，才显出那筋肉的力量；那身子在摇晃着，在挺进着，一团胜利的喜悦的劲儿。还有，海风呼呼地吹着，船尖儿嗤嗤地响着，将一片碧波分成两条长长的白道儿。

卢森堡博物院专藏近代艺术家的作品。他们或新故，或还生存。这里比卢佛宫明亮得多。进门去，宽大的甬道两旁，满陈列着雕像等；里面却多是画。雕刻里有彭彭（Pompon）的《狗熊》与《水禽》等，真是大巧若拙。彭彭现在大概有七八十岁了，天天上动物园去静观禽兽的形态。他熟悉它们，也亲爱它们，所以做出来的东西神气活现；可是形体并不像照相一样地真切，他在天然的曲线里加上些小小的棱角，便带着点"建筑"的味儿。于是我们才看见新东西。那《狗熊》和实物差不多大,是石头的;那《水禽》等却小得可以供在案头,是铜的。雕像本有两种手法,一是干脆地砍石头,二是先用泥塑,再浇铜。彭彭从小是石匠,石头到他手里就像豆腐。他是巧匠而兼艺术家。动物雕像盛于十九世纪的法国;那时候动物园发达起来,供给艺术家观察、研究、描摹的机会。动物素描之成为画的一支,也从这时候起。院里的画受后期印象派的影响,找寻人物的"本色(local colour)",大抵是鲜明的调子。不注重画面的"体积"而注重装饰的效用。也有细心分别光影的,但用意还在找寻颜色,与印象派之只重光影不一样。

砖场花园的南犄角上有网球场博物院,陈列外国近代的画与雕像。北犄角上有奥兰纪利博物院,陈列的东西颇杂,有马奈(Manet,十九世纪法国印象派画家)的画与日本的浮世绘等。浮世绘的着色与构图,给十九世纪后半法国画家极深的影响。莫奈(Monet)画院也在这里。他也是法国印象派巨子,一九二六年才过去。印象派兴于十九世纪中叶,正是照相机流行的时候。这派画家想赶上照相机,便专心致志地分别光影;他们还想赶过照相机,照相没有颜色而他们有。他们只用原色;所画的画近看但见一处处的颜色块儿,在相当的距离看,才看出光影分明的全境界。他们的看法是迅速的综合的,所以不重"本色"(人物固有的颜色,随光影而变化),不重细节。莫奈以风景画著于世;他不但是印象派,并且是露天画派(Pleinairiste)。露天画派反对画室里的画,因为都带着那黑影子;露天里就没有这种影子。这个画院里有莫奈八幅顶大的画,太大了,只好嵌在墙上。画院只有两间屋子,每幅画就是一堵墙,画的是荷花在水里。莫奈欢喜用蓝色,这几幅画也是如此。规模大,气魄厚,汪汪欲溢的池水,疏疏密密的乱荷,有些像在树荫下,有些像在太阳里。据内行说,这些画的章法,简直前无古人。

罗丹博物院在左岸。大战后罗丹的东西才收集在这里;已完成的不少,也有些未完成的。有群像、单像、胸像,有石膏仿本,还有画稿、塑稿,还有罗丹的遗物。罗丹是十九世纪雕刻大师；或称他为自然派，或称他为浪漫派。他有匠人的手艺、诗人的胸襟；他借雕刻来表现自己的情感。取材是不平常的，手法也是不平常的。常人以为美的，他觉得已无用武之地；他专找常人以为丑的，甚至于借重性交的姿势。又因为求表现的充分，不得不夸饰与变形。所以他的东西乍一看觉得"怪"，不是玩艺儿。从前的雕刻讲究光洁，正是"裁缝不露针线迹"的道理；而浪漫派艺术家恰相反，故意要显出笔触或刀痕，让人看见他们在工作中情感激动的光景。罗丹也常如此。他们又多喜欢用塑法，因为泥随意些，那凸凸凹凹的地方，那大块儿小条儿，都可以看得清楚。

克吕尼馆（Cluny）收藏罗马与中世纪的遗物颇多，也在左岸。罗马时代执政的宫在这儿。后来法兰族诸王也住在这宫里。十五世纪的时候，宫毁了，克吕尼寺僧改建现在这所房子，作他们的下院，是"后期哥特"与"文艺复兴"的混合式。法国王族来到巴黎，在馆里暂住过的，也很有些人。这所房子后来又归了一个考古家。他搜集了好些古董；死后由政府收买，并添凑成一万件。画、雕刻、木刻、金银器、织物、中世纪上等家具、瓷器、玻璃器，应有尽有。房子还保存着原来的样子。入门就如活在几百年前的世界里，再加上陈列的零碎的东西，触鼻子满是古气。与这个馆毗连着的是罗马时代的浴室，原分冷浴、热浴等，现在只看见些残门断柱（也有原在巴黎别处的），寂寞地安排着。浴室外是园子，树间草上也散布着古代及中世纪巴黎建筑的一鳞一爪，其中"圣处女门"最秀雅。

此外，巴黎美术院（即小宫）、装饰美术院都是杂拌儿。后者中有一间扇室，所藏都是十八世纪的扇面，是某太太的遗赠。十八世纪中国玩艺儿在欧洲颇风行，这也可见一斑。扇面满是西洋画，精工鲜丽；几百张中，只有一张中国人物，却板滞无生气。又有吉买博物院（Guimet），收藏远东宗教及美术的资料。伯希和取去敦煌的佛画，多数在这里。日本小画也有些。还有蜡人馆。据说那些蜡人做得真像，可是没见过那些人或他们的照相的，就感不到多大兴味，所以不如画与雕像。

不过"隧道"里阴惨惨的，人物也代表着些阴惨惨的故事，却还可看。楼上有镜宫，满是镜子，顶上与周围用各色电光照耀，宛然千门万户，像到了万花筒里。

一九三二年春季的官"沙龙"在大宫中，顶大的院子里罗列着雕像；楼上下八十几间屋子满是画，也有些装饰美术。内行说，画像太多，真有"官"气。其中有安南阮某一幅，奖银牌；中国人一看就明白那是阮氏祖宗的影像。记得有个笑话，说一个贼混入人家厅堂偷了一幅古画，卷起夹在腋下。跨出大门，恰好碰见主人。那贼情急智生，便将画卷儿一扬，问道，"影像，要买吧？"主人自然大怒，骂了一声走进去。贼于是从容溜之乎也。那位安南阮某与此贼可谓异曲同工。大宫里，同时还有一个装饰艺术的"沙龙"，陈列的是家具、灯、织物、建筑模型等，大都是立体派的作风。立体派本是现代艺术的一派，意大利最盛。影响大极了，建筑、家具、布匹、织物、器皿、汽车、公路、广告、书籍装订，都有立体派的份儿。平静，干脆，是古典的精神，也是这时代重理智的表现。在这个"沙龙"里看，现代的屋子内外都俨然是些几何的图案，和从前华丽的藻饰全异。还有一个"沙龙"，专陈列幽默画。画下多有说明。各画或描摹世态，或用大小文野等对照法，以传出那幽默的情味。有一幅题为《长褂子》，画的是夜宴前后客室中的景子：女客全穿短褂子，只有一人穿长的，大家的眼睛都盯着她那长出来的一截儿。她正在和一个男客谈话，似乎不留意。看她的或偏着身子，或偏着头，或操着手，或用手托着腮（表示惊讶）倚在丈夫的肩上，或打着看戏用的放大镜子，都是一副尴尬面孔。穿长褂子的女客在左首，左首共三个人；中央一对夫妇，右首三个女人，疏密向背都恰好；还点缀着些不在这一群里的客人。画也有不幽默的，也有太恶劣的；本来是幽默并不容易。

巴黎的坟场，东头以倍雷拉谢斯（Père Lachaise）为最大，占地七百二十亩，有二里多长。中间名人的坟颇多，可是道路纵横，找起来真费劲儿。阿培拉德与哀绿绮思两坟并列，上有亭子盖着；这是重修过的。王尔德的坟本葬在别处；死后九年，也迁到此场。坟上雕着个大飞人,昂着头、直着脚、长翅膀,像是合埃及的"狮人"与亚述的翅儿牛而为一,雄伟飞动,与王尔德并不很称。这是英国当代大雕刻家爱勃司坦(Epstein)的巨作;钱是一位倾慕王尔德的无名太太捐的。场中有巴什罗米(Bartholomé)雕的一座纪念碑,题为《致死者》。碑分上下两层,上层中间是死门,进去的两个人倒也行无所事的;两侧向门走的人群却牵牵拉拉、哭哭啼啼、跌跌倒倒,不得开交似的。下层像是生者的哀伤。此外北头的蒙马特,南头的蒙巴那斯两坟场也算大。茶花女埋在蒙马特场,题曰一八二四年正月十五日生,一八四七年二月三日卒。小仲马、海涅也在那儿。蒙巴那斯场有圣白孚、莫泊桑、鲍特莱尔等;鲍特莱尔的坟与纪念碑不在一处,碑上坐着一个悲伤的女人的石像。

巴黎的夜也是老牌子。单说六个地方。非洲饭店带澡堂子,可以洗蒸汽澡,听黑人浓烈的音乐;店员都穿着埃及式的衣服。三藩咖啡看"爵士舞",小小的场子上一对对男女跟着那繁声促节直扭腰儿。最警动的是那小圆木筒儿，里面像装着豆子之类。不时地紧摇一阵子。圆屋听唱法国的古歌；一扇门背后的墙上油画着蹲着在小便的女人。红磨坊门前一架小红风车，用电灯做了轮廓线；里面看小戏与女人跳舞。这在蒙巴特区。蒙马特是流浪人的区域。十九世纪画家住在这一带的不少，画红磨坊的常有。塔巴林看女人跳舞，不穿衣服，意在显出好看的身子。里多在仙街，最大。看变戏法，听威尼斯夜曲。里多岛本是威尼斯娱乐的地方。这儿的里多特意砌了一个池子，也有一只"刚朵拉"，夜曲是男女对唱，不过意味到底有点儿两样。

巴黎的野色在波隆尼林与圣克罗园里才可看见。波隆尼林在西北角，恰好在塞因河河套中间，占地一万四千多亩，有公园、大路、小路，有两个湖，一大一小，都是长的；大湖里有两个洲，也是长的。要领略林子的好处，得闲闲地拣深僻的地儿走。圣克罗园还在西南，本有离宫，现在毁了，剩下些喷水和林子。林子里有两条道儿很好。一条渐渐高上去，从树里两眼望不尽；一条窄而长，漏下一线天光；远望路口，不知是云是水，茫茫一大片。但真有野味的还得数枫丹白露的林子。枫丹白露在巴黎东南，一点半钟的火车。这座林子有二十七万亩，周围一百九十里。坐着小马车在里面走，幽静如远古的时代。太阳光将树叶子照得透明，却只一圈儿、一点儿地洒到地上。路两旁的树有时候太茂盛了，枝叶交错成一座拱门，低低的；远看去好像拱门那面另有一界。林子里下大雨，那一片沙沙沙沙的声音，像潮水，会把你心上的东西冲洗个干净。林中有好几处山峡，可以试腰脚，看野花野草，看旁逸斜出，稀奇古怪的石头，像枯骨，像刺猬。亚勃雷孟峡就是其一，地方大，石头多，又是忽高忽低，走起来好。

枫丹白露宫建于十六世纪，后经重修。拿破仑一八一四年临去爱而巴岛的时候，在此告别他的诸将。这座宫与法国历史关系甚多。宫房外观不美，里面却精致，家具等也考究。就中侍从武官室与亨利第二厅最好看。前者的地板用嵌花的条子板；小小的一间屋，共用九百条之多。复壁板上也雕绘着繁细的花饰，炉壁上也满是花儿，挂灯也像花正开着。后者是一间长厅,其大少有。地板用了二万六千块,一色,嵌成规规矩矩的几何图案,光可照人。厅中间两行圆拱门。门柱下截镶复壁板,上截镶油画;楣上也画得满满的。天花板极意雕饰,金光耀眼。宫外有园子、池子,但赶不上凡尔赛宫的。

凡尔赛宫在巴黎西南,算是近郊。原是路易十三的猎宫,路易十四觉得这个地方好,便大加修饰。路易十四是所谓"上帝的代表",凡尔赛宫便是他的庙宇。那时法国贵人多一半住在宫里,伺候王上。他的侍从共一万四千人;五百人伺候他吃饭,一百个贵人伺候他起床,更多的贵人伺候他睡觉。那时法国艺术大盛,一切都成为御用的,集中在凡尔赛和巴黎两处。凡尔赛宫里装饰力求富丽奇巧,用钱无数。如金漆彩画的天花板、木刻、华美的家具、花饰、贝壳与多用错综交会的曲线纹等,用意全在教来客惊奇:这便是所谓"洛可可(Rococo)"。宫中有镜厅,十七个大窗户,正对着十七面同样大小的镜子;厅长二百四十英尺、宽三十英尺,高四十二英尺。拱顶上和墙上画着路易十四打胜德国、荷兰、西班牙的情形，画着他是诸国的领袖，画着他是艺术与科学的广大教主。近十几年来成为世界祸根的那和约，便是一九一九年六月二十八那一天在这座厅里签的字。宫旁一座大园子，也是路易十四手里布置起来的。看不到头的两行树，有万千的气象。有湖，有花园，有喷水。花园一畦一个花样，小松树一律修剪成圆锥形，集法国式花园之大成。喷水大约有四十多处，或铜雕，或石雕，处处都别出心裁，也是集大成。每年五月到九月，每月第一个星期日和别的节日，都有大水法。从下午四点起，到处银花飞舞，雾气沾人，衬着那齐斩斩的树、软茸茸的草，觉得立着看，走着看，不拘怎么看总成。海龙王喷水池，规模特别大；得等五点半钟大水法停后，让它单独来二十分钟。有时晚上大放花炮，就在这里。各色的电彩照耀着一道道喷水。花炮在喷水之间放上去，也是一道道的；同时放许多，便氤氲起一团雾。这时候电光换彩，红的忽然变蓝的，蓝的忽然变白的，真真是一眨眼。

卢梭园在爱尔莽浓镇（Ermenonville），巴黎的东北；要坐一点钟火车，走两点钟的路。这是道地乡下，来的人不多。园子空旷得很，有种荒味。大树、怒草、小湖、清风，和中国的郊野差不多，真自然得不可言。湖里有个白杨洲，种着一排白杨树，卢梭坟就在那小洲上。日内瓦的卢梭洲在仿这个；可是上海式的街市旁来那么个洲子，总有些不伦不类。

一九三一年夏天，"殖民地博览会"开在巴黎之东的万散园（Vincennes）里。那时每日人山人海。会中建筑都仿各地的式样，充满了异域的趣味。安南庙七塔参差，峥嵘肃穆，最为出色。这些都是用某种轻便材料造的，去年都拆了。各建筑中陈列着各处的出产，以及民俗。晚上人更多，来看灯光与喷水。每条路一种灯，都是立体派的图样。喷水有四五处，也是新图样；有一处叫"仙人球"喷水，就以仙人球做底样，野拙得好玩儿。这些自然都用电彩。还有一处水桥，河两岸各喷出十来道水，凑在一块儿，恰好是一座弧形的桥，教人想着走上一个水晶的世界去。

1933 年 6 月 30 日作

初到清华记

　　从前在北平读书的时候，老在城圈儿里呆着。四年中虽也游过三五回西山，却从没来过清华；说起清华，只觉得很远很远而已。那时也不认识清华人，有一回北大和清华学生在青年会举行英语辩论，我也去听。清华的英语确是流利得多，他们胜了。那回的题目和内容，已忘记干净；只记得复辩时，清华那位领袖很神气，引着孔子的什么话。北大答辩时，开头就用了"furiously"一个字叙述这位领袖的态度。这个字也许太过,但也道着一点儿。那天清华学生是坐大汽车进城的,车便停在青年会前头;那时大汽车还很少。那是冬末春初,天很冷。一位清华学生在屋里只穿单大褂,将出门却套上厚厚的皮大氅。这种"行"和"衣"的路数,在当时却透着一股标劲儿。

初来清华,在十四年夏天。刚从南方来北平,住在朝阳门边一个朋友家。那时教务长是张仲述先生,我们没见面。我写信给他,约定第三天上午去看他。写信时也和那位朋友商量过,十点赶得到清华么,从朝阳门那儿?他那时已经来过一次,但似乎只记得"长林碧草"——他写到南方给我的信这么说——说不出路上究竟要多少时候。他劝我八点动身,雇洋车直到西直门换车,免得老等电车,又换来换去的,耽误事。那时西直门到清华只有洋车直达;后来知道也可以搭香山汽车到海甸再乘洋车,但那是后来的事了。

第三天到了,不知是起得晚了些还是别的,跨出朋友家,已经九点挂零。心里不免有点儿急,车夫走得也特别慢似的。到西直门换了车。据车夫说本有条小路,雨后积水,不通了;那只得由正道了。刚出城一段儿还认识,因为也是去万牲园的路;以后就茫然。到黄庄的时候,瞧着些屋子,以为一定是海甸了;心里想清华也就快到了吧,自己安慰着。快到真的海甸时,问车夫,"到了吧?""没哪。这是海——甸。"这一下更茫然了。海甸这么难到,清华要何年何月呢?而车夫说饿了,非得买点儿吃的。吃吧,反正豁出去了。这一吃又是十来分钟。说还有三里多路呢。那时没有燕京大学,路上没什么看的,只有远处淡淡的西山——那天没有太阳——略略可解闷儿。好容易过了红桥、喇嘛庙,渐渐看见两行高柳,像穹门一般。什刹海的垂杨虽好,但没有这么多、这么深,那时路上只有我一辆车,大有长驱直入的神气。柳树前一面牌子,写着"入校车马缓行";这才真到了,心里想,可是大门还够远的,不用说西院门又骗了我一次,又是六七分钟,才真真到了。坐在张先生客厅里一看钟,十二点还欠十五分。

张先生住在乙所,得走过那"长林碧草",那浓绿真可醉人。张先生客厅里挂着一副有正书局印的邓完白隶书长联。我有一个会写字的同学,他喜欢邓完白,他也有这一副对联;所以我这时如见故人一般。张先生出来了。他比我高得多,脸也比我长得多。一眼看出是个顶能干的人。我向他道歉来得太晚,他也向我道歉,说刚好有个约会,不能留我吃饭。谈了不大工夫,十二点过了,我告辞。到门口,原车还在,坐着回北平吃饭去。过了一两天,我就搬行李来了。这回却坐了火车,是从环城铁路朝阳门站上车的。

以后城内城外来往得多了,得着一个诀窍:就是在西直门一上洋车,且别想"到"清华,不想着不想着也就到了——香山汽车也搭过一两次,可真够瞧的,两条腿有时候简直无放处,恨不得不是自己的。有一回,在海甸下了汽车,在现在"西园"后面那个小饭馆里,拣了临街一张四方桌,坐在长凳上,要一碟苜蓿肉、两张家常饼、二两白玫瑰,吃着喝着,也怪有意思;而且还在那桌上写了《我的南方》一首歪诗。

那时海甸到清华一路,常有穷女人或孩子跟着车要钱。他们除"您修好"等常用语句外,有时会说"您将来做校长",这是别处听不见的。

1936 年 4 月 18 日作

蒙自杂记

我在蒙自住过五个月,我的家也在那里住过两个月。我现在常常想起这个地方,特别是在人事繁忙的时候。

蒙自小得好,人少得好。看惯了大城的人,见了蒙自的城圈儿会觉得像玩具似的,正像坐惯了普通火车的人,乍踏上个碧石小火车,会觉得像玩具似的一样。但是住下来,就渐渐觉得有意思。城里只有一条大街，不消几趟就走熟了。书店、文具店、点心店、电筒店，差不多闭了眼可以找到门儿。城外的名胜去处，南湖、湖里的崧岛、军山、三山公园，一下午便可走遍，怪省力的。不论城里城外，在路上走，有时候会看不见一个人。整个儿天地仿佛是自己的；自我扩展到无穷远，无穷大。这教我想起了台州和白马湖，在那两处住的时候，也有这种静味。

大街上有一家卖糖粥的，带着卖煎粑粑。桌子、凳子乃至碗匙等都很干净，又便宜，我们联大师生照顾得特别多。掌柜是个四川人，姓雷，白发苍苍的。他脸上常挂着微笑，却并不是巴结顾客的样儿。他爱点古玩什么的，每张桌子上，竹器瓷器占着一半儿；糖粥和粑粑便摆在这些桌子上吃。他家里还藏着些"精品"，高兴的时候，会特地去拿来请顾客赏玩一番。老头儿有个老伴儿，带一个伙计，就这么活着，倒也自得其乐。我们管这个铺子叫"雷稀饭"，管那掌柜的也叫这名儿；他的人缘儿是很好的。

城里最可注意的是人家的门对儿。这里许多门对儿都切合着人家的姓。别地方固然也有这么办的，但没有这里的多。散步的时候边看边猜，倒很有意思。但是最多的是抗战的门对儿。昆明也有，不过按比例说，怕不及蒙自的多；多了，就造成一种氛围气，叫在街上走的人不忘记这个时代的这个国家。这似乎也算利用旧形式宣传抗战建国，是值得鼓励的。眼前旧历年就到了，这种抗战春联，大可提倡一下。

蒙自的正式宣传工作，除党部的标语外，教育局的努力，也值得记载。他们将一座旧戏台改为演讲台，又每天张贴油印的广播消息。这都是有益民众的。他们的经费不多，能够逐步做去，是很有希望的。他们又帮忙北大的学生办了一所民众夜校。报名的非常踊跃，但因为教师和座位的关系，只收了二百人。夜校办了两三个月，学生颇认真，成绩相当可观。那时蒙自的联大要搬到昆明来，便只得停了。教育局长向我表示很可惜；看他的态度，他说的是真心话。蒙自的民众相当地乐意接受宣传。联大的学生曾经来过一次灭蝇运动。四五月间蒙自苍蝇真多。有一位朋友在街上笑了一下,一张口便飞进一个去。灭蝇运动之后,街上许多食物铺子,备了冷布罩子,虽然简陋,不能不说是进步。铺子的人常和我们说,"这是你们来了之后才有的呀。"可见他们是很虚心的。

蒙自有个火把节,四乡是在阴历六月二十四晚上,城里是二十五晚上。那晚上城里人家都在门口烧着芦秆或树枝,一处处、一堆堆熊熊的火光,围着些男男女女、大人小孩;孩子们手里更提着烂布浸油的火球儿晃来晃去的,跳着叫着,冷静的城顿然热闹起来。这火是光,是热,是力量,是青年。四乡地方空阔,都用一棵棵小树烧;想象着一片茫茫的大黑暗里涌起一团团的热火,光景够雄伟的。四乡那些夷人,该更享受这个节,他们该更热烈地跳着叫着罢。这也许是个祓除节,但暗示着生活力的伟大,是个有意义的风俗;在这抗战时期,需要鼓舞精神的时期,它的意义更是深厚。

南湖在冬、春两季水很少,有一半简直干得不剩一点二滴儿。但到了夏季,涨得溶溶滟滟的,真是返老还童一般。湖堤上种了成行的由加利树；高而直的干子，不差什么也有"参天"之势。细而长的叶子，像惯于拂水的垂杨，我一站到堤上禁不住想到北平的十刹海。再加上崧岛那一带田田的荷叶、亭亭的荷花，更像什刹海了。崧岛是个好地方，但我看还不如三山公园曲折幽静。这里只有三个小土堆儿。几个朴素小亭儿。可是回旋起伏，树木掩映，这儿那儿更点缀着一些石桌、石墩之类；看上去也罢，走起来也罢，都让人有点余味可以咀嚼似的。这不能不感谢那位李崧军长。南湖上的路都是他的军士筑的，崧岛和军山也是他重新修整的；而这个小小的公园，更见出他的匠心。这一带他写的匾额很多。他自然不是书家，不过笔势瘦硬，颇有些英气。

联大租借了海关和东方汇理银行旧址，是蒙自最好的地方。海关里高大的由加利树，和一片软软的绿草是主要的调子，进了门不但心胸一宽，而且周身觉得润润的。树头上好些白鹭，和北平太庙里的"灰鹤"是一类，北方叫做"老等"。那洁白的羽毛，那伶俐的姿态，耐人看，一清早看尤好。在一个角落里有一条灌木林的甬道，夜里月光从叶缝里筛下来，该是顶有趣的。另一个角落长着些芒果树和木瓜树，可惜太阳力量不够，果实结得不肥，但沾着点儿热带味，也叫人高兴。银行里花多，遍地的颜色，随时都有，不寂寞。最艳丽的要数叶子花。花是浊浓的紫，脉络分明活像叶，一丛丛的，一片片的，真是"浓得化不开"。花开的时候真久。我们四月里去，它就开了，八月里走，它还没谢呢。

1939年2月5-6日作

我是扬州人

有些国语教科书里选得有我的文章，注解里或说我是浙江绍兴人，或说我是江苏江都人——就是扬州人。有人疑心江苏江都人是错了，特地老远地写信托人来问我。我说两个籍贯都不算错，但是若打官话，我得算浙江绍兴人。浙江绍兴是我的祖籍或原籍，我从进小学就填的这个籍贯；直到现在，在学校里服务快三十年了，还是报的这个籍贯。不过绍兴我只去过两回,每回只住了一天;而我家里除先母外,没一个人会说绍兴话。

我家是从先祖才到江苏东海做小官。东海就是海州,现在是陇海路的终点。我就生在海州。四岁的时候先父又到邵伯镇做小官,将我们接到那里。海州的情形我全不记得了,只对海州话还有亲热感,因为父亲的扬州话里夹着不少海州口音。在邵伯住了差不多两年,是住在万寿宫里。万寿宫的院子很大,很静;门口就是运河。河坎很高,我常向河里扔瓦片玩儿。邵伯有个铁牛湾,那儿有一条铁牛镇压着。父亲的当差常抱我去看它,骑它,抚摩它。镇里的情形我也差不多忘记了。只记住在镇里一家人家的私塾里读过书,在那里认识了一个好朋友叫江家振。我常到他家玩儿,傍晚和他坐在他家荒园里一根横倒的枯树干上说着话,依依不舍,不想回家。这是我第一个好朋友,可惜他未成年就死了;记得他瘦得很,也许是肺病罢?

六岁那一年父亲将全家搬到扬州。后来又迎养先祖父和先祖母。父亲曾到江西做过几年官,我和二弟也曾去过江西一年；但是老家一直在扬州住着。我在扬州读初等小学，没毕业；读高等小学，毕了业；读中学，也毕了业。我的英文得力于高等小学里一位黄先生，他已经过世了。还有陈春台先生，他现在是北平著名的数学教师。这两位先生讲解英文真清楚，启发了我学习的兴趣；只恨我始终没有将英文学好，愧对这两位老师。还有一位戴子秋先生，也早过世了，我的国文是跟他老人家学着做通了的，那是辛亥革命之后在他家夜塾里的时候。中学毕业，我是十八岁，那年就考进了北京大学预科，从此就不常在扬州了。

就在十八岁那年冬天，父亲母亲给我在扬州完了婚。内人武钟谦女士是杭州籍，其实也是在扬州长成的。她从不曾去过杭州；后来同我去是第一次。她后来因为肺病死在扬州，我曾为她写过一篇《给亡妇》。我和她结婚的时候，祖父已死了好几年了。结婚后一年祖母也死了。他们两老都葬在扬州，我家于是有祖茔在扬州了。后来亡妇也葬在这祖茔里。母亲在抗战前两年过去，父亲在胜利前四个月过去，遗憾的是我她后来因为肺病死在扬州,我曾为她写过一篇《给亡妇》。

你换了金镯子帮助我的学费,叫我以后还你;但直到你死,我没有还你。你在我家受了许多气,又因为我家的缘故受你家里的气,你都忍着。这全为的是我,我知道……无论日子怎么坏,无论是离是合,你从来没对我发过脾气,连一句怨言也没有——别说怨我,就是怨命也没有过。(朱自清《给亡妇》)

都不在扬州；他们也葬在那祖茔里。这中间叫我痛心的是死了第二个女儿！她性情好，爱读书，做事负责任，待朋友最好。已经成人了，不知什么病，一天半就完了！她也葬在祖茔里。我有九个孩子。除第二个女儿外，还有一个男孩不到一岁就死在扬州；其余亡妻生的四个孩子都曾在扬州老家住过多少年。这个老家直到今年夏初才解散了，但是还留着一位老年的庶母在那里。

我家跟扬州的关系，大概够得上古人说的"生于斯，死于斯，歌哭于斯"了。现在亡妻生的四个孩子都已自称为扬州人了；我比起他们更算是在扬州长成的，天然更该算是扬州人了。但是从前一直马马虎虎地骑在墙上，并且自称浙江人的时候还多些，又为了什么呢？这一半因为报的是浙江籍，求其一致；一半也还有些别的道理。这些道理第一桩就是籍贯是无所谓的。那时要做一个世界人，连国籍都觉得狭小，不用说省籍和县籍了。那时在大学里觉得同乡会最没有意思。我同住的和我来往的自然差不多都是扬州人，自己却因为浙江籍，不去参加江苏或扬州同乡会。可是虽然是浙江绍兴籍，却又没跟一个道地浙江人来往，因此也就没人拉我去开浙江同乡会，更不用说绍兴同乡会了。这也许是两栖或骑墙的好处罢？然而出了学校以后到底常常会到道地绍兴人了。我既然不会说绍兴话，并且除了花雕和兰亭外几乎不知道绍兴的别的情形，于是乎往往只好自己承认是假绍兴人。那虽然一半是玩笑，可也有点儿窘的。

还有一桩道理就是我有些讨厌扬州人；我讨厌扬州人的小气和虚气。小是眼光如豆，虚是虚张声势，小气无须举例。虚气例如已故的扬州某中央委员，坐包车在街上走，除拉车的外，又跟上四个人在车子边推着跑着。我曾经写过一篇短文，指出扬州人这些毛病。后来要将这篇文收入散文集《你我》里，商务印书馆不肯，怕再闹出"闲话扬州"的案子。这当然也因为他们总以为我是浙江人，而浙江人骂扬州人是会得罪扬州人的。但是我也并不抹煞扬州的好处，曾经写过一篇《扬州的夏日》，还有在《看花》里也提起扬州福缘庵的桃花。再说现在年纪大些了，觉得小气和虚气都可以算是地方气，绝不止是扬州人如此。从前自己常答应人说自己是绍兴人，一半又因为绍兴人有些戆气，而扬州人似乎太聪明。其实扬州人也未尝没戆气，我的朋友任中敏（二北）先生，办了这么多年汉民中学，不管人家理会不理会，难道还不够"戆"的！绍兴人固然有戆气，但是也许还有别的气我讨厌的，不过我不深知罢了。这也许是阿Q的想法罢？然而我对于扬州的确渐渐亲热起来了。

扬州真像有些人说的，不折不扣是个有名的地方。不用远说，李斗《扬州画舫录》里的扬州就够羡慕的。可是现在衰落了，经济上是一日千丈地衰落了，只看那些没精打采的盐商家就知道。扬州人在上海被称为江北佬，这名字总而言之表示低等的人。江北佬在上海是受欺负的，他们于是学些不三不四的上海话来冒充上海人。到了这地步他们可竟会忘其所以地欺负起那些新来的江北佬了。这就养成了扬州人的自卑心理。抗战以来许多扬州人来到西南，大半都自称为上海人，就靠着那一点不三不四的上海话；甚至连这一点都没有，也还自称为上海人。其实扬州人在本地也有他们的骄傲的。他们称徐州以北的人为侉子，那些人说的是侉话。他们笑镇江人说话土气，南京人说话大舌头，尽管这两个地方都在江南。英语他们称为蛮话，说这种话的当然是蛮子了。然而这些话只好关着门在家里说，到上海一看，立刻就会矮上半截，缩起舌头不敢哼一声了。扬州真是衰落得可以啊！

我也是一个江北佬，一大堆扬州口音就是招牌，但是我却不愿做上海人；上海人太狡猾了。况且上海对我太生疏，生疏的程度跟绍兴对我也差不多；因为我知道上海虽然也许比知道绍兴多些，但是绍兴究竟是我的祖籍，上海是和我水米无干的。然而年纪大起来了，世界人到底做不成，我要一个故乡。俞平伯先生有一行诗，说"把故乡掉了"。其实他掉了故乡又找到了一个故乡；他诗文里提到苏州那一股亲热，是可羡慕的，苏州就算是他的故乡了。他在苏州度过他的童年，所以提起来一点一滴都亲亲热热的，童年的记忆最单纯、最真切，影响最深、最久；种种悲欢离合，回想起来最有意思。"青灯有味是儿时"，其实不止青灯，儿时的一切都是有味的。这样看，在哪儿度过童年，就算那儿是故乡，大概差不多罢？这样看，就只有扬州可以算是我的故乡了。何况我的家又是"生于斯，死于斯，歌哭于斯"呢？所以扬州好也罢，歹也罢，我总该算是扬州人的。

1946 年 9 月 25 日作

我所见的叶圣陶

我第一次与圣陶见面是在民国十年的秋天。那时刘延陵兄介绍我到吴淞炮台湾中国公学教书。到了那边,他就和我说:"叶圣陶也在这儿。"我们都念过圣陶的小说,所以他这样告我。我好奇地问道:"怎样一个人?"出乎我的意外,他回答我:"一位老先生哩。"但是延陵和我去访问圣陶的时候,我觉得他的年纪并不老,只那朴实的服色和沉默的风度,与我们平日所想象的苏州少年文人叶圣陶不甚符合罢了。

记得见面的那一天是一个阴天。我见了生人照例说不出话；圣陶似乎也如此。我们只谈了几句关于作品的泛泛的意见，便告辞了。延陵告诉我每星期六圣陶总回甪直去；他很爱他的家。他在校时常邀延陵出去散步；我因与他不熟，只独自坐在屋里。不久，中国公学忽然起了风潮。我向延陵说起一个强硬的办法——实在是一个笨而无聊的办法！——我说只怕叶圣陶未必赞成。但是出乎我的意外，他居然赞成了！后来细想他许是有意优容我们吧；这真是老大哥的态度呢。我们的办法天然是失败了，风潮延宕下去；于是大家都住到上海来。我和圣陶差不多天天见面；同时又认识了西谛，予同诸兄。这样经过了一个月；这一个月实在是我的很好的日子。

我看出圣陶始终是个寡言的人。大家聚谈的时候，他总是坐在那里听着。他却并不是喜欢孤独，他似乎老是那么有味地听着。至于与人独对的时候，自然多少要说些话；但辩论是不来的。他觉得辩论要开始了，往往微笑着说:"这个弄不大清楚了。"这样就过去了。他又是个极和易的人,轻易看不见他的怒色。他辛辛苦苦保存着的《晨报》副张,上面有他自己的文字的,特地从家里捎来给我看;让我随便放在一个书架上,给散失了。当他和我同时发见这件事时,他只略露惋惜的颜色,随即说:"由他去末哉,由他去末哉!"我是至今惭愧着,因为我知道他作文是不留稿的。他的和易出于天性,并非阅历世故、矫揉造作而成。他对于世间妥协的精神是极厌恨的。在这一月中,我看见他发过一次怒——始终我只看见他发过这一次怒——那便是对于风潮的妥协论者的蔑视。

风潮结束了,我到杭州教书。那边学校当局要我约圣陶去。圣陶来信说:"我们要痛痛快快游西湖,不管这是冬天。"他来了,教我上车站去接。我知道他到了车站这一类地方,是会觉得寂寞的。他的家实在太好了,他的衣着,一向都是家里管。我常想,他好像一个小孩子;像小孩子的天真,也像小孩子的离不开家里人。必须离开家里人时,他也得找些熟朋友伴着;

孤独在他简直是有些可怕的。所以他到校时，本来是独住一屋的，却愿意将那间屋做我们两人的卧室，而将我那间做书室。这样可以常常相伴；我自然也乐意，我们不时到西湖边去；有时下湖，有时只喝喝酒。在校时各据一桌，我只预备功课，他却老是写小说和童话。初到时，学校当局来看过他。第二天，我问他，"要不要去看看他们？"他皱眉道："一定要去么？等一天吧。"后来始终没有去。他是最反对形式主义的。

那时他小说的材料，是旧日的储积；童话的材料有时却是片刻的感兴。如《稻草人》中《大喉咙》一篇便是。那天早上，我们都醒在床上，听见工厂的汽笛；他便说："今天又有一篇了，我已经想好了，来得真快呵。"那篇的艺术很巧，谁想他只是片刻的构思呢！他写文字时，往往拈笔伸纸，便手不停挥地写下去，开始及中间，停笔踌躇时绝少。他的稿子极清楚，每页至多只有三五个涂改的字。他说他从来是这样的。每篇写毕，我自然先睹为快；他往往称述结尾的适宜，他说对于结尾是有些把握的。看完，他立即封寄《小说月报》；照例用平信寄。我总劝他挂号；但他说："我老是这样的。"他在杭州不过两个月，写的真不少，教人羡慕不已。《火灾》里从《饭》起到《风潮》这七篇，还有《稻草人》中一部分，都是那时我亲眼看他写的。

在杭州待了两个月，放寒假前，他便匆匆地回去了；他实在离不开家，临去时让我告诉学校当局，无论如何不回来了。但他却到北平住了半年，也是朋友拉去的。我前些日子偶翻十一年的《晨报副刊》，看见他那时途中思家的小诗，重念了两遍，觉得怪有意思。北平回去不久，便入了商务印书馆编译部，家也搬到上海。从此在上海待下去，直到现在——中间又被朋友拉到福州一次，有一篇《将离》抒写那回的别恨，是缠绵悱恻的文字。这些日子，我在浙江乱跑，有时到上海小住，他常请了假和我各处玩儿或喝酒。有一回，我便住在他家，但我到上海，总爱出门，因此他老说没有能畅谈；他写信给我，老说这回来要畅谈几天才行。

十六年一月，我接眷北来，路过上海，许多熟朋友和我饯行,圣陶也在。那晚我们痛快地喝酒,发议论;他是照例地默着。酒喝完了,又去乱走,他也跟着。到了一处,朋友们和他开了个小玩笑;他脸上略露窘意,但仍微笑地默着。圣陶不是个浪漫的人;在一种意义上,他正是延陵所说的"老先生"。但他能了解别人,能谅解别人,他自己也能"作达",所以仍然——也许格外——是可亲的。那晚快夜半了,走过爱多亚路,他向我诵周美成的词:"酒已都醒,如何消夜永!"我没有说什么;那时的心情,大约也不能说什么的。我们到一品香又消磨了半夜。这一回特别对不起圣陶;他是不能少睡觉的人。他家虽住在上海,而起居还依着乡居的日子;早七点起,晚九点睡。有一回我九点十分去,他家已熄了灯,关好门了。这种自然的、有秩序的生活是对的。那晚上伯祥说:"圣兄明天要不舒服了。"想起来真是不知要怎样感谢才好。

　　第二天我便上船走了,一眨眼三年半,没有上南方去。信也很少,却全是我的懒。我只能从圣陶的小说里看出他心境的迁变;这个我要留在另一文中说。

圣陶这几年里似乎到十字街头走过一趟,但现在怎么样呢?我却不甚了然。他从前晚饭时总喝点酒,"以半醺为度";近来不大能喝酒了,却学了吹笛——前些日子说已会一出《八阳》,现在该又会了别的了吧。他本来喜欢看看电影,现在又喜欢听听昆曲了。但这些都不是"厌世",如或人所说的;圣陶是不会厌世的,我知道。又,他虽会喝酒,加上吹笛,却不曾抽什么"上等的纸烟",也不曾住过什么"小小别墅",如或人所想的,这个我也知道。

1930年7月,北平清华园

教育家的夏丏尊先生

夏丏尊先生是一位理想家。他有高远的理想,可并不是空想,他少年时倾向无政府主义,一度想和几个朋友组织新村,自耕自食,但是没有实现。他办教育,也是理想主义的。最足以表现他的是浙江上虞白马湖的春晖中学,那时校长是已故的经子渊先生(亨颐)。但是他似乎将学校的事全交给了夏先生。是夏先生约集了一班气味相投的教师，招来了许多外地和本地的学生，创立了这个中学。他给学生一个有诗有画的学术环境，让他们按着个性自由发展。学校成立了两年，我也去教书，刚一到就感到一种平静亲和的氛围气，是别的学校没有的。我读了他们的校刊，觉得特别亲切有味，也跟别的校刊大不同。我教着书，看出学生对文学和艺术的欣赏力和表现力都比别的同级的学校高得多。

但是理想主义的夏先生终于碰着实际的壁了。他跟他的多年的老朋友校长经先生意见越来越差异，跟他的至亲在学校任主要职务的意见也不投合；他一面在私人关系上还保持着对他们的友谊和亲谊；一面在学校政策上却坚执着他的主张、他的理论，不妥协，不让步。他不用强力，只是不合作；终于他和一些朋友都离开了春晖中学。朋友中匡互生等几位先生便到上海创办立达学园；可是夏先生对办学校从此灰心了。但他对教育事业并不灰心，这是他安身立命之处；于是又和一些朋友创办开明书店，创办《中学生杂志》，写作他所专长的国文科的指导书籍。《中学生杂志》和他的书的影响，是大家都知道的。他是始终献身于教育、献身于教育的理想的人。

夏先生是以宗教的精神来献身于教育的。他跟李叔同先生是多年好友。他原是学工的，他对于文学和艺术的兴趣，也许多少受了李先生的影响。他跟李先生有杭州省立第一师范学校同事，校长就是经子渊先生。李先生和他都在实践感化教育，的确收了效果；我从受过他们的教的人可以亲切地看出。后来李先生出了家，就是弘一师。夏先生和我说过，那时他也认真地考虑过出家。他虽然到底没有出家，可是受弘一师的感动极大，他简直信仰弘一师。自然他对佛教也有了信仰，但不在仪式上。他是热情的人，他读《爱的教育》，曾经流了好多泪。他翻译这本书，是抱着佛教徒了愿的精神在动笔的，从这件事上可以见出他将教育和宗教打成一片。这也正是他的从事教育事业的态度。他爱朋友，爱青年，他关心他们的一切。在春晖中学时，学生给他一个绰号叫做"批评家"，同事也常和他开玩笑,说他有"支配欲"。其实他只是太关心别人了,忍不住参加一些意见罢了。他的态度永远是亲切的,他的说话也永远是亲切的。

夏先生才真是一位诲人不倦的教育家。

1946 年 7 月 5 日作

我买几个橘子去。你就在此地,不要动。
朱自清
《背影》